Hochhinaus & Mittendrin

Herausgeberin
Sibylle Zimmermann

www.tredition.de

© 2014 Hochhinaus & Mittendrin
Umschlagsfoto: Ilse Reichinger
Layout: Sabine Lauffer
Lektorat: Alexandra Abendschein-Gäng, Claudia Hellstern
Abbildungsnachweis: S. 24 Alexandra Abendschein-Gäng, S. 44 Stephanie Nykl, S. 54 / S. 90 Ilse Reichinger, S: 68 Sabine Lauffer, S. 112 Ellen Göppl

Verlag: tredition GmbH, Hamburg

ISBN 978-3-7323-0349-6 Paperback
ISBN 978-3-7323-0350-2 Hardcover
ISBN 978-3-7323-0351-9 e-book

Printed in Germany

Inhalt

Vorwort

„Sie stieg die Marmorstufen hinauf. Die Hitze war kaum auszuhalten. Schritte hinter ihr kamen näher und dieser Mensch schnaufte und röchelte, dass ihre Angst größer wurde und ihre Schritte schneller. Sie war in Gefahr!"

Es gibt sie, Hochhäuser mit Marmortreppen. Nur in unserem Geschichtenband ist dies eines der wenigen Dinge, die nicht vorkommen.

Sonst kann man fast alles finden. Neben verruchten und dreckigen Hochhäusern gibt es die der feinen Leute. Es gibt Fahrstühle und Tiefgaragen und Balkone.

Und das Besondere an allem?

Dass uns vieles vertraut ist? Dass es von Begierde und Neid erzählt, von Beschütztwerden und Verlassensein, von Eifersucht, Angst und Mut. Von welchen, die ehrlich sein wollen und welchen, die alles geben, um einmal ganz oben zu sein.

Und nicht nur Menschen ...

Hoch hinaus bedeutet manchmal auch mittendrin. Vielleicht auch noch mehr!

Viel Spaß beim Entdecken!

Knapp unter den Wolken

Ilse Reichinger

Sie stand wie gebannt, den Kopf leicht geneigt, sie horchte, sie hörte die Rufe von weit unten.

„Rapunzel, Rapunzel, lass Dein Haar herunter!"

Aufgeregt nestelte sie an ihrem Haar und beugte sich nach vorne. Das Haar war zu kurz! Wo war er, der Prinz, ihr Prinz Philipp! Sie war ihm in sein hohes Haus gefolgt. Zusammen waren sie himmelwärts geflogen bis zu seinem Schloss. „Unter den Wolken", hatte er lachend gesagt. Ja, das wollte sie, unter den Wolken sein!

Am Ende des Flures hatte sie die niedrige Türe entdeckt. Es gelang ihr, sie so weit zu öffnen, dass sie hinaus schlüpfen konnte. Da waren sie, die Wolken, ihre Wolken! Die Rufe wurden lauter. Noch einmal breitete sie ihr Haar aus. Das Haar war zu kurz!

„Ich weiß nicht, was soll es bedeuten, dass ich so traurig bin", trällerte sie verzückt mit kindlicher Stimme. Erleichtert lachte sie. Jetzt wusste sie es, sie war die Loreley, die Loreley war sie! Eine irrwitzige Freude erfüllte ihr Herz. Wie ein junges Mädchen fühlte sie sich. Hier war ihr Fels, hier konnte sie bleiben!

„Die schönste Jungfrau sitzet. Dort oben wunderbar. Ihr goldnes Geschmeide blitzet, sie kämmt ihr goldenes Haar. Sie kämmt es mit goldenem Kamme." Inbrünstig sang sie ihr Lied. Der Schiffer winkte, viele Schiffer winkten. Die Feuerwehrleute hielten nervös das Sprungtuch bereit!

Während sie noch einmal dem Schiffer ihre Haare ausbreitete, sang sie aus vollem Herzen: „Er schaut nur hinauf in die Höh". Glücklich schloss sie die Augen.

Plötzlich umfassten große harte Hände ihre Taille. Jemand zerrte sie vom Rand des Flachdaches und hielt sie fest umschlungen. Philipp war kreidebleich und brachte vor Entsetzen kaum ein Wort heraus. „Oma, was wolltest Du tun?"

Eingesperrt
Ellen Göppl

Als Marvin aus der Wohnungstür kommt und sein Blick auf den hässlichen, braun-grau gestrichenen Hausflur fällt, will er am liebsten kotzen, so sehr hasst er das Haus, in dem er lebt. Leben muss. Bevor seine Oma gestorben ist, haben seine Mutter und er auf dem Dorf gelebt. Das war zwar uncool, aber immer noch besser als das hier.

„Jetzt beschwer dich nicht schon wieder", sagt seine Mutter jedes Mal, wenn er mault, dass vorher alles besser war. „Du wolltest doch immer nach Freiburg ziehen. Hast du gedacht, wir wohnen dann in Herdern in einer schicken Vier-Zimmer-Wohnung?"

Marvin weiß selbst nicht mehr, was er früher mal gedacht hat. Jedenfalls nicht, dass sein Leben immer schlimmer werden würde. Das einzig Gute an der Siedlung ist, dass Leon um die Ecke wohnt. Von Leon hat er gelernt, cool zu sein, auch wenn er sich mies fühlt. Marvin drückt auf den verkratzten Knopf des Aufzugs, hört den verhaltenen Knall, mit dem dieser immer startet und das Surren, wenn er näher kommt. Die Innentür gleitet mit einem schleifenden Geräusch beiseite und Marvin zieht die Außentür, die jetzt entriegelt ist, mit einem Ruck auf. Och nee, da ist schon jemand drin. Er hat jetzt keinen Bock auf fremde Leute, noch dazu ist es die Sozial-Tussi, die manchmal hier aufkreuzt und irgendwie meint, sie könnte die Kids aus der Siedlung retten, ihr Leben irgendwie besser machen. Sozialarbeiterin ist sie, und Fatima und Jasmin finden sie wahnsinnig toll, aber die haben ja auch noch Pferdeposter über dem Bett hängen. Sagt zumindest Leon, der mal mit Jasmins älterer Schwester zusammen war, bis ihm ihr Vater zu stressig wurde.

Die Sozial-Tussi sagt: „Hallo" und lächelt, und Marvin lächelt sein ätzendstes Lächeln zurück. Die kann ihn mal, Hauptsache, er ist gleich wieder aus dem Aufzug draußen, wenn sie im Erdgeschoss ankommen. Er hasst den Fahrstuhl, aber zehn Stockwerke runter zu laufen ist auch bescheuert. Der Aufzug rattert und brummt und Marvin zählt innerlich die Stockwerke, an denen sie vorbeikommen. Kurz vorm vierten Stock gibt es einen Knall, genauso wie sonst, wenn der Fahrstuhl losfährt, dann bleibt das blöde Teil einfach stehen und das Licht geht aus, nur die Notbeleuchtung leuchtet noch schwach.

„Ups", macht die Sozialarbeiterin mit der typischen, aufgesetzten Gute-Laune-Stimme, die nur Lehrer und Sozialarbeiter drauf haben.

„Fuck", sagt Marvin laut und deutlich.

„Keine Angst, das ist mir schon ein paar Mal passiert", kommt es von der Tussi und Marvin würde sie am liebsten treten und fragen, wer hier wohl Angst hat.

Sie drückt den Alarmknopf, ihre Finger sind ganz schlank und die Nägel überhaupt nicht lackiert. Marvin atmet langsam ein und aus, ein und aus, aber sein Atem will nicht so, wie er will.

Es knackt und plötzlich sagt eine andere Frauenstimme durch die Sprechanlage: „Firma Haushahn, was kann ich für Sie tun?"

„Hallo", sagt die Tussi und erklärt, wo sie sind. „Der Aufzug ist stehen geblieben. Können Sie jemanden schicken?"

„Ja, wir informieren einen Techniker. Können Sie mir die Fabrikatnummer durchgeben?"

Die Sozialarbeiterin liest die Nummer von dem Metallschild unter den Aufzugknöpfen ab und die Frau verspricht, so schnell wie möglich den Techniker zu schicken.

Marvin schluckt. So schnell wie möglich – was heißt das? Es ist ziemlich dunkel und ziemlich eng. Also nicht so, dass man sich nicht mehr bewegen könnte, aber trotzdem richtig scheiße. Er will nicht gefangen sein.

„Wie lange dauert das?", bellt er die Tussi an.

„Weiß nicht, das letzte Mal hat es nur 'ne halbe Stunde gedauert, kommt drauf an, von wo der Techniker kommen muss."

„Fuck", sagt Marvin nochmal. Er zieht sein Handy aus der Tasche, will Leon simsen, aber hier ist kein Empfang. Das ist ihm noch nie aufgefallen, dass man im Aufzug keinen Empfang hat, aber bisher ist das ja auch nie wichtig gewesen.

„Wohnst Du schon länger hier?", fragt die Sozialarbeiterin und einen Moment lang glaubt Marvin, er hätte sich verhört. Was glaubt die, was sie das angeht? Er hat absolut keinen Bock, sich mit der zu unterhalten, aber da sowieso schon alles beschissen ist, kann er genauso gut auch was sagen.

„Seit 'nem Jahr", antwortet er knapp.

„Ich hab früher auch mal hier gewohnt", sagt sie.

Marvin glaubt ihr das irgendwie nicht. Die sieht so brav aus, nicht mal rot gefärbte Haare hat sie und auch keine Rastafari-Frisur wie die anderen Sozialarbeiterinnen, die er bisher gesehen hat, nicht mal ein Piercing. Sie hat längere, hellbraune Haare, zumindest sieht es in dem schwachen Lichtschein aus wie hellbraun.

„Aha, und wo?", fragt Marvin misstrauisch. Schon komisch, dass Sozialarbeiter immer irgendwie schon mal in der gleichen Situation waren wie man selbst, plötzlich kommen sie immer auch irgendwie aus der Scheiße oder haben schon mal was im Supermarkt geklaut oder so.

„Im Haus direkt nebenan, in der 3b."

Marvin interessiert das eigentlich überhaupt nicht, wer weiß, ob es überhaupt stimmt, was sie erzählt, aber das Reden hilft ihm gegen das flaue Gefühl im Magen. Gegen das Gefühl, hier eingesperrt zu sein, wie damals. Er will jetzt auf gar keinen Fall daran denken, sonst fängt er an zu schreien, ehe der Scheiß-Techniker da ist.

„Mein Freund wohnt auch in der 3b." Oh Gott, warum sagt er das? Leon wird sich bedanken, dass er ausgerechnet der irgendwas von ihm erzählt.

„Cool", sagt sie, jetzt wieder mit der unerträglichen Gute-Laune-Stimme.

„Wo ich jetzt wohne, habe ich auch eine Freundin nebenan, das ist nett."

Nett! Ja, in ihrem Leben ist wohl alles irgendwie nett, cool oder toll. Nicht wie bei Marvin. Er spürt jetzt wieder diese Enge in der Brust, sein Atem geht schneller, der Fahrstuhl ist eben doch wie der Gartenschuppen. Damals. An dem Tag, an dem er gemerkt hat, dass die beiden Jungs aus seiner Straße gar nicht seine Freunde sind. Marvin muss was sagen, sonst kommt die Angst wieder hoch.

„Und wo ist das?", knurrt er.

„In Haslach, gar nicht so weit von hier."

Naja, immerhin nicht Herdern.

„Ich habe den Techniker erreicht, er ist unterwegs", tönt es plötzlich aus dem kleinen Lautsprecher und Marvin und die Tussi zucken leicht zusammen. „Geht's Ihnen gut?"

„Ja danke, hier ist alles in Ordnung", sagt die Sozialarbeiterin brav. Sie denkt jetzt wohl, dass Marvin sich mit ihr unterhalten will, denn sie spricht einfach weiter: „Als ich das letzte Mal im Aufzug festsaß, habe ich noch hier gewohnt, da war meine kleine Tochter dabei. Das war viel schwieriger."

„Hm", brummt Marvin und weil er nicht will, dass die Angst in ihm hochkriecht, fragt er: „Wie alt ist Ihre Tochter denn?"

Die Tussi lächelt jetzt, das sieht man sogar in der Notbeleuchtung, dann sagt sie ein bisschen amüsiert: „Du musst mich aber nicht siezen, ich bin Laura."

„Okay", brummt Marvin und ist froh, dass sie ihm nicht noch die Hand hinhält.

„Meine Tochter ist jetzt sieben. Sie geht in die zweite Klasse." Laura lächelt stolz und Marvin denkt, dass Mütter wohl so lächeln, wenn sie stolz auf ihr Kind sind. Er kennt das nur von seiner Oma.

„Ich gehe in die 10. Klasse." Er grinst bescheuert und fühlt sich noch viel bescheuerter. Wie ein Kind – *ich gehe in die hmmm Klasse und du?*

„Oh super", sagt Laura, „dann machst Du die Mittlere Reife?"

„Ja, wenn's klappt", antwortet Marvin und denkt *Wann kommt denn der Scheiß-Techniker, ich muss hier raus!* Wenn es wenigstens heller wäre. Es ist alles viel zu sehr wie in dem Scheiß-Schuppen, in dem so viel Gerümpel stand, dass er sich nicht mal richtig hinsetzen konnte. Und das kleine Fenster war so vollgestellt, dass kaum Licht durchkam. Der Schuppen vom alten Hiltmann, in den die Jungs ihn eingesperrt hatten. Und er wusste nicht, wann ihn dort jemand finden würde, denn der Schuppen stand abseits an einer Schafweide. Schließlich war es der Hiltmann selbst, der ihn rausließ und dabei die ganze Zeit auf ihn einschimpfte. Eigentlich meinte er die, die ihn eingesperrt hatten, aber die waren ja nicht da, also schimpfte er mit Marvin. Und seine Mutter schimpfte auch, weil er viel zu spät zum Abendessen kam. Marvin schämte sich zu sehr, um zu erzählen, was passiert war. Er hatte ja vorher gemeint, die Jungs könnten seine Freunde werden, weil sie so cool waren. Das ist das Schlimmste gewesen damals im Schuppen: das Gefühl, verraten worden zu sein. Und der Durst. Ein ganzer Nachmittag in einem heißen Schuppen, ohne Trinken.

Marvin merkt, wie trocken sein Mund ist, als er daran denkt.

„Shit, wann kommt denn mal jemand, ich hab Durst", sagt er.

„Kann jetzt nicht mehr lange dauern", behauptet Laura, „aber warte mal, ich hab was zu trinken, ist noch nicht angebrochen." Sie zieht eine Halbliter-Flasche aus ihrer Tasche und reicht sie ihm.

Marvin schraubt den Deckel ab, setzt an und – natürlich, es ist stilles Mineralwasser. Naja, besser als nichts. Er weiß auch nicht, warum er gedacht hat, dass Laura eisgekühlte Cola in der Tasche haben könnte. Wortlos gibt er ihr die Flasche zurück. Sie steckt sie weg, ohne selbst davon zu trinken, und er fragt sich, ob sie keinen Durst hat oder ob sie nicht aus der Flasche trinken will, die er am Mund hatte. Er stellt sich vor, wie sie das restliche Wasser später in ihre Küchenspüle schüttet.

„Puh, ich bin ganz froh, dass ich nicht alleine im Aufzug festsitze", sagt Laura und es klingt fast, als ob sie es wirklich so meint.

Oh Gott, denkt Marvin und sagt mit rauer Stimme „Ja, besser als allein." Seine Kehle ist schon wieder trocken. Bloß nicht an den Schuppen denken, nicht an den Schuppen … Je mehr er versucht, nicht daran zu denken, umso mehr drängt sich ihm der Schuppen auf. Er lehnt sich gegen die Wand, scharrt mit den Füßen, hampelt ein bisschen von einem Bein auf das andere, um diesen Scheiß-Schuppen in seinem Kopf loszuwerden.

„Alles okay?", fragt Laura und fügt erstaunlich heftig hinterher: „Ich hab jetzt langsam auch keine Lust mehr, hier drin zu sein."

„Ich kann die Enge nicht ab, ich bekomme davon Panik", bricht es aus Marvin heraus. Es ist ja jetzt auch egal, was Laura denkt.

„Oh", sagt sie überrascht, „dafür hast du aber wirklich gut durchgehalten." Sie lächelt schief und sagt: „ Mein Freund kann Enge auch gar nicht haben, und letztens musste er zum MRT, also in diese Röhre, wegen seinem Rücken, da ist er fast ausgeflippt. Er musste dann ein Beruhigungsmittel nehmen, damit er untersucht werden konnte."

„Shit", sagt Marvin. Irgendwer hat ihm mal von so einer Röhre erzählt, da ist der Fahrstuhl wirklich noch besser.

Plötzlich klopft jemand ein Stück über ihnen, wahrscheinlich gegen die Aufzugtür im fünften Stock, und ruft: „Hallo, ich komme von Haushahn, können Sie mich hören?"

„Ja", ruft Laura ein bisschen schrill. „Wir sind hier!"

Marvin hat keine Ahnung, was der Techniker macht, es hört sich so an, als ob er auf dem Dach vom Aufzug herumwerkelt. Laura sagt jetzt nichts mehr, und ganz unerwartet setzt sich der Aufzug in Bewegung, langsam ruckelt er nach unten und dann bleibt er stehen. Noch einmal sind dumpfe, schleifende Geräusche zu hören. Plötzlich wird die Tür aufgestemmt und vor ihnen steht ein dicker, bärtiger Mann und grinst stolz.

Laura atmet laut aus und bedankt sich – natürlich – sehr höflich.

„Also, wir sind hier im vierten Stock", sagt der Mann. „Wenn's Ihnen nichts ausmacht, gehen Sie vielleicht einfach zu Fuß, dann untersuche ich die Technik nochmal gründlich."

„O ja, das ist mir jetzt auf jeden Fall lieber", sagt Laura und auch Marvin ist mit ein paar Schritten auf der Treppe. Nur weg hier. Und in Zukunft nie mehr den Aufzug nehmen.

„Warte mal", ruft Laura, „hast du eigentlich auch einen Namen?" Sie lächelt wirklich nett, aber Marvin will jetzt nur nach draußen. Er blickt zu ihr hoch, sie steht noch oben auf dem Treppenabsatz.

„Nee", brummt er. „Ich hab keinen Namen." Und dann sagt er etwas, was er sonst nie sagt, also was er zumindest schon seit langem nicht mehr gesagt hat: „Aber trotzdem danke!"

Nachtspaziergang

Corinna Fronc

Ich liebe die Nacht. Nachts ist es dunkel und still. Die meisten Menschen schlafen und die Straßengeräusche sind fast verstummt. Besonders mag ich es, bei Vollmond durch den Park zu laufen, direkt hinter der Nummer siebzehn, dem höchsten aller Hochhäuser. Wie ein riesiger Schatten überragt es seine kleineren Kollegen, als wache es über sie. In der Siebzehn bin ich geboren, hier verbrachte ich meine Kindheit und Jugend, traf meine erste Liebe, feierte die erste Party, wurde erwachsen, heiratete, bekam ein Kind.

Ich sitze auf der Bank und lausche. Aus der Ferne höre ich Hundegebell, gedämpfte Musik, das Knattern eines Motorrades. Es raschelt im Gebüsch. Noch ein später Besucher hier im Park? Ah, nur eine Amsel, die ich durch eine zu schnelle Bewegung aufgeschreckt habe. Sie beschwert sich kurz und zieht sich wieder zurück ins Gebüsch. Ich wandere ein wenig weiter, denn ich bin von rastloser Natur. Seit drei Jahren habe ich die Angewohnheit, immer dieselbe Runde zu drehen. Mitten in der Nacht, immer um dieselbe Zeit. Meine nächtlichen Streifzüge führen mich zunächst an Hermanns Nachtlager vorbei.

Alles klar, Hermann? Ist es dir warm genug auf der Bank? Hoffentlich hast du die doppelte Schicht Zeitungen genommen. Es ist kalt geworden im November.

Hermann setzt sich kurz auf, brummt etwas Unverständliches vor sich hin, wickelt die Decke um seinen Körper und dreht sich auf die andere Seite. Bei Minustemperaturen schläft er im Heizungskeller der Siebzehn, damit er nicht erfriert. Das darf er, weil er hier bis vor einigen Jahren mal Hausmeister war.

Ich gehe weiter zum Jugendtreff, ganz hinten in der Hausnummer acht. In der Nummer acht gibt es nur Geschäftswohnungen, niemand wird durch den Krach im Keller gestört. Dort wird gerade Musik gehört, die ich nicht kenne. Sie ist laut, für meine Ohren zu laut. Ein Sozialarbeiter steht am Tresen und schenkt aus. Alkohol ist strengstens verboten, sonst würde die Einrichtung geschlossen. Die Jugendlichen kommen trotzdem. Es ist öde hier in der Gegend und jede Abwechslung ist willkommen, auch ohne Alkohol! Ich halte mich etwas im Hintergrund und schaue, ob meine Tochter unter ihnen ist, aber ich sehe sie nicht.

Dann streife ich wieder im Park umher, dieses Mal auf der anderen Seite. Hier ist der Park wild bewachsen und eher nach meinem Geschmack als die gepflegte Grünfläche auf der Nordseite. Die Rosenbüsche sind groß geworden, so groß, dass sie einander berühren. Das taten sie vor drei Jahren noch nicht. Ich liebe Rosen, seit ich denken kann, und kenne unzählige Sorten und Düfte wie die „Golden Celebration" mit ihrer zarten goldgelben Farbe, die Strauchrose „Herkules", die nach Äpfeln und Birnen duftet, und die robuste Strauchpfingstrose, die mich an den Garten meiner Großmutter erinnert.

Gegen zwei Uhr gehe ich wieder in unsere Wohnung. Ich betrete die kleine Küche und räume das restliche Geschirr in die Spülmaschine. Leise, damit ich Georg und Maja nicht wecke. Es riecht noch nach der Linsensuppe von heute Mittag, also öffne ich das Küchenfenster. Im Wohnzimmer stelle ich einige Sachen um. Das ist meine Lieblingsbeschäftigung. Die alte hässliche Uhr meines Großvaters kommt in die Kommode. Die Blumenvase, die mir Georg einst geschenkt hat, stelle ich auf das Klavier und das Bild, auf dem wir drei zu sehen sind, aufs Fensterbrett. Es war in Korsika vor vier Jahren. Ich sehe das Meer im Hintergrund. Maja durfte einen Surfkurs machen. Es war ihr Geschenk zum zwölften Geburtstag. Meine Maja. Kleine, große Maja.

Ich laufe zum Ende des Flurs, betrete ihr Zimmer und blicke auf ihr Bett. Sie ist so groß geworden. Sie liegt auf der Seite, ihr aschblondes Haar fällt weit über die Bettkante. Die Decke liegt auf dem Boden. Liebe Maja. Ich decke sie zu, gehe ins Schlafzimmer und lege mich zu Georg. Durch einen Windstoß klappt das Fenster zu, er murmelt etwas im Schlaf, wacht aber nicht auf. Zärtlich streiche ich ihm übers Haar. Ich flüstere ihm etwas ins Ohr und bleibe noch einige Minuten.

Zum Schluss meiner nächtlichen Runde mache ich den gewohnten Abstecher zur Brücke. Die Silhouette der Siebzehn am Rande der Gleise ragt hoch hinauf in den Nachthimmel. Ich knie nieder und streiche gedankenverloren über die Rose, die in einer gläsernen Vase am Fuße des Brückengeländers steht und zu meinem Andenken seit drei Jahren wöchentlich ausgewechselt wird.

Ich warte auf den Zug. Auf den um zwei Uhr neunundvierzig. Als er sich nähert, steige ich auf die Brüstung und breite die Arme aus.

Ich schaue nach oben in die Dunkelheit, atme tief ein, zähle bis zehn und kurz bevor der Zug unter mir vorbei braust, lasse ich mich fallen.

Inkognito

Alex Devesper

Um es gleich vorwegzunehmen: Ich gehöre nicht zu den Null-Acht-Fünfzehn-Behausungen. Ich bin einzigartig. Etwas Besonderes. Ich bin äußerst ansprechend eingerichtet. Edelste Materialien und Top-Design. Ich bin oben. Ganz oben. Ein Penthouse. Von außen ahnt niemand, dass es mich gibt. Alle meine Fenster und Türen gehen in einen großen Innenhof mit Terrasse, Dachgarten, Wasserbecken und Brunnen. Und ein Fahrstuhl mit Codierung. Ganz geheim. Unter mir gibt es viele Etagen mit Büros, Ausstellungsräumen, ein Fotostudio, eine Arztpraxis und im Erdgeschoss ein Restaurant, Friseur, Kosmetik, eine Bank und verschiedene Geschäfte.

Ursprünglich hat mich mein Architekt als Event-Location für all diese Bewohner geplant. Für besondere Anlässe und Gelegenheiten. Entsprechend bin ich ausgestattet. Universell. Er hat viel Wert gelegt auf Großzügigkeit, neueste Technik und Flexibilität. Mein Repertoire reicht von Seminaren und Konferenzen bis zu Kochkursen und Tanzstunden. Auch Übernachtungsgäste kann ich beherbergen. Ganz luxuriös.

Irgendwann hat er dann entschieden, mich lieber für sich selber zu behalten, für *seine* besonderen Anlässe und Gelegenheiten. Die gab es dann auch, ich wurde seine konspirative Wohnung. Zumindest so was in der Art. Er hat mich oft besucht, gerne mit Freunden oder der einen oder anderen weiblichen Begleitung.

Manchmal hat er mich auch freundlicherweise jemandem überlassen, wie zum Beispiel meinen Doppelkopf-Damen. Mit denen fing alles an. Die treffen sich regelmäßig bei mir, meistens an einem Freitagabend. Anfänglich kamen sie nur zum Kartenspielen. Mittlerweile hat sich unsere Beziehung intensiviert.

Die Älteste ist um die 60, hat ihren Doktor in Biologie und kümmert sich um meinen Dachgarten. Sie hat auch wirklich ein Händchen dafür. Ganz seltsame Kräuter wachsen da und Pilze. Sie experimentiert und kreuzt, bestäubt und pfropft sich durch die gesamte Botanik. Und damit nicht genug. Seit neuestem züchtet sie Nerze, die stinken nicht so wie die Frettchen davor. Und bringen mehr Geld. Das war eine harte Diskussion, bis da ein Konsens gefunden wurde unter den Damen. Sie bringt immer frische Blumen mit und trägt auffallend bunte Schuhe, farblich passend zu Nagellack und Dessous. Und sie hat ständig Affären. Mein Architekt war eine von ihnen. So haben wir uns kennengelernt. Was soll sie auch machen sonst? Die Kinder sind aus dem Haus, der Meeresbiologen-Gatte schwimmt ständig auf den Weltmeeren umher und ihr Potential, besonders das biologische, läge ja brach.

Ganz anders die esoterisch angehauchte Chemikerin. Bei ihr hat alles seinen Ursprung im Innern, jeder Pickel lässt sich auf eine Begebenheit im frühkindlichen Leben zurückführen. Traumatisch. Ihre spirituellen Fähigkeiten helfen ihr leider nicht bei den immerwährenden Geldproblemen, mit denen sie sich mit ihren vier Kindern, den Kleinsten haben wir gerade durchs Abitur gebracht, seit dem Tod ihres Mannes rumplagen muss.

Sie kennt sich aus im Haushalt, sie hegt und pflegt mich und sorgt dafür, dass mein Frischezentrum in der offenen Designer-Küche immer entsprechend des jeweiligen Anlasses gefüllt ist. Und sie kocht und backt gern, ein bisschen speziell vielleicht, die Zeiteinheiten berechnet sie in Rosenkränzen und Ave Marias. So notiert sie sich das auch in den Kochbüchern, die sie schreibt. Gerne tauscht sie sich mit der Biologin aus und sie verwendet die Kräuter- und Gewürzmischungen aus meinem Dachgarten. Mit der Dosierung experimentiert sie ganz vorsichtig, seit mein Architekt eine Herzattacke hatte, nachdem er ein Seeteufel-Saltimbocca-Häppchen vom Abend zuvor gegessen hatte. Anfangs hat sie tatsächlich gedacht, ihre Kochkünste hätten den Herzinfarkt verursacht. War das ein Drama.

Eine kleine Fehldiagnose hat die Karriere der aufstrebenden Chirurgin am Medizinerhimmel frühzeitig gestoppt, aber für Privatleben und Kind war es zu spät. Deshalb ist sie in die Pathologie geflüchtet. Da gehört sie hin. Sie wirkt auch immer ein bisschen kühl, wie der Champagner, den sie regelmäßig beisteuert. Ich liebe sie ob ihres luxuriösen Geschmacks, mit dem sie mich schlicht und schnörkellos eingerichtet hat, und dafür sorgt, dass es auch so bleibt. Sie redet sparsam und direkt, zeigt wenig Emotionen. Das hat besonders beim Kartenspielen viele Vorteile. Und die Rettungs-maßnahmen beim Herzanfall hat sie souverän abgewickelt. Wie auch die Autopsie.

Die Jüngste ist für ihr Alter IT-technisch richtig fit. Sie kümmert sich um unsere Finanzen und managt meine Belegung. Ganz professionell. So etwas

Ähnliches macht sie auch teilzeit-beruflich im Messe-Team eines internationalen Konzerns. Sie sprüht vor Ideen und hat eine recht anregende Fantasie. Das merkt man nicht nur bei den Aktionen, die sie startet, um unseren Lebensstandard zu sichern. Sie war es, die mich nicht verwaisen ließ. Das war gar nicht so einfach, weil ja niemand von mir wusste. Und das sollte so bleiben, da waren wir uns einig. Sie hat alle Formalitäten erledigt, damit ich mein extravagantes Dasein weiterhin genießen kann. Ich liebe es inkognito.

Konrad

Uta Neumann

„Bleib doch hier, Hannah!" Sie hat mir hinterher gerufen, bevor ich die Treppen hinunter lief. Vom dritten Stock nach unten gerannt sei ich meinte sie später. Die Treppen sollen frisch gewischt gewesen sein. Der Reinigungsdienst räumt auch den Schnee vor dem Hauptausgang unseres Hochhauses. Normal kommt er freitags, nur im Winter dreimal die Woche. Wir hatten Winter.

Ich soll schnell gegangen sein, so hat meine Mutter wohl später den Ärzten berichtet und sicher. Ich hatte ein gutes Gefühl für Gleichgewicht, hat sie erzählt.

Das kann sein.

Vor dem Weg, der am Hinterausgang vorbeiführt hab ich gelegen. Wie ich dahin kam? Keiner weiß es. Es wurde nicht gesehen. Sicher ist, dass ich immer den Hinterausgang vom Hochhaus rausgegangen bin. Fühlte sich gemütlicher an. Man hat mich gefunden, eine Stunde später. Merkwürdig verdreht, die Hände und der Hals nach links unten geknickt. Ein bisschen Blut auf der Stirn. Mehr nicht.

Ich wachte lange nicht auf. Ich war nicht da und nicht hier. Was ich weiß von dieser Zeit? „Blauer Schnee", ist alles, was ich dazu sagen kann. Mal leise fallend, mal dicht, mal eine blaue Wand. Geräusche, ja, wie Wind, wie Sturm, manchmal wie gehauchte Töne, manchmal wie Flüstern.

Kein Wort! Das ist alles.

Die Ärzte hatten mich an Apparate gehängt. Ich war ja noch jung. Da hat man warten können und es war wohl noch Leben in mir. Meine Mutter hat nicht gewollt, dass man mich abhängt. Ich habe dann auch gehorcht und bin geblieben in diesem Leben. Anders als meine Mutter dachte, als sie mir hinterher rief. Immerhin.

Wochen in der Zwischenwelt sind lange. Ich kann nicht erzählen, wie sich Angst anfühlt, wenn man aufwacht. Wie still Wut sein kann, beladen mit Worten im Innern, weil sie noch nicht ins Außen finden.

Ich konnte nicht gleich wieder sprechen. Ich lernte es. Anders als Konrad. Das Erste, was ich von mir hörte, war ein Schrei, vor Schreck, dass die heiße Suppe in meinen Schoß lief, weil meine Mutter die Schüssel schräg hielt. An dieser Stelle des Oberschenkels tat es weh und ich schrie so schrill und lange, dass meine Mutter vor Hilflosigkeit zu weinen anfing und zurück keifte: „Reiß dich zusammen, du bist nicht die Einzige, die leidet. Was soll ich denn noch tun? Das kann doch mal passieren."

Nach dem Schreien hörte ich mein Schluchzen und Tränen fühlte ich, die warm waren, die über meine Wangen auch in den Schoß liefen. Wahrscheinlich war das der Moment, in dem ich sicher war, dass ich lebte.

Ich lernte. Ich konnte dann ein paar Schritte gehen, zum Tisch und den Löffel halten. Zum Pinkeln allein aufs Klo gehen. Meine Mutter sagte immer: „Großartig, Hannah-Maus, großartig." Das Pflegepersonal wechselte ständig. Nachtschicht, Tagschicht, Mittelschicht, alt, jung, Mann, Frau. Ich war lange in diesem

Krankenhaus. Meine Mutter kam oft nach der Arbeit.

Manchmal erzählte sie von zu Hause. Von Konrad erzählte sie wenig. Er ist der große Bruder meiner Mutter. Konrad lebt mit uns zusammen. Ich bin 17 und er ist 57. Er lebt seit Kurzem bei uns. Er sollte nicht ins Heim. Das hat meine Mutter ihrer Mutter versprochen, als diese starb. Darum hat meine Mutter guten Gewissens geerbt.

Konrad ist Autist, kann kein Wort sprechen, weil, so sagt meine Mutter, er geistig behindert ist.

„Es war etwas mit Konrad, als du wegliefst?" fragte meine Mutter mich. „Warum warst du wütend?"

Meine Stimme ist noch so komisch, ich tue, als wenn ich gerade nichts mehr weiß.

Konrad wäscht sich den Bauch und die Beine selbst, er kann sich anziehen, nur bei den Hosenträgern muss man helfen. Beim Schuhe-Anziehen stellt er sich blöd an, weil er will, dass ihm geholfen wird. Er verzieht dabei den Mund ganz schief und man hört Töne wie: äh, äh. So behindert ist er nun auch nicht, wie er dann aussieht. Er isst Brei oder weiches Brot. Er hat kaum noch Zähne.

Konrad ist faul. Er redet mit Geräuschen, und wenn er Angst hat, dann guckt er schräg nach links und macht immer abwehrende Bewegungen mit den Händen. Dabei hat er schon viel Geschirr vom Tisch gestoßen. Ansonsten lebt er in Zeitlupe, ganz langsam.

Ich mag Konrad.

Ich möchte es meiner Mutter erzählen, jetzt, weil ich

nicht will, dass sie irgendwas Schlechtes denkt von Konrad.

Seit Konrad bei uns wohnt, muss ich helfen. Meine Mutter arbeitet an der Kasse von dem Supermarkt, der im Hochhaus nebenan ist. Sie muss voll arbeiten, denn das Erbe hat sie für andere Sachen gebraucht. Urlaub und Klamotten; auch für mich.

Jedenfalls hatte ich an diesem Tag frei und meine Mutter musste arbeiten. Konrad hat schon seit einer Woche immer gewimmert, wenn er pinkeln musste und meine Mutter meinte, er muss dringend zum Urologen. Dort war nur noch dieser Termin zu haben, an diesem Tag. Sie musste arbeiten und ich sollte mit ihm hingehen.

Ich ging also mit ihm zu diesem Urologen (keine Ahnung bis dahin, was das heißt).

Konrad kann ja gehen, aber wenn er nicht weiß, was auf ihn zukommt, dann bleibt er immer wieder stehen und schaut einen so schräg von der Seite an und macht so Geräusche: äh, äh und zupft an meinem Arm. Voll nervig ! Gut, dass wir nur einen kurzen Weg hatten. Es warteten viele Leute im Wartezimmer.

Beim Urologen sollte Konrad Urin in einen Becher pinkeln. Ich wusste gleich, dass er nicht versteht, was er soll und da ist der Arzt extra rausgekommen aus dem Arztzimmer und hat gesagt, ich soll das mit ihm machen. Wir wären ja verwandt.

Ich musste mit ihm auf das enge Klo und versuchen, seinen Schwanz in den Becher rein zu hängen. Die Hose hat er sich selber runtergezogen. Weil Konrad nur im

Sitzen pinkeln kann, musste ich ihn dann auf das Klo schieben und dabei den Becher halten.

Er war so aufgeregt. Ich glaube, ich hab irgendwas gesagt, um ihn zu beruhigen. Auf jeden Fall hab ich gebetet, dass er schnell pinkelt und ich nicht stundenlang halten muss.

Hat dann auch geklappt und ich hab den Becher vor die Luke gestellt. Nebenan hab ich die Arzthelferinnen gehört und mir wurde klar, dass sie uns auch hörten. Das war schon peinlich. Als wir aus dem engen Klo kamen und die Klotür öffneten, saßen auch schon wieder andere Leute da und alle taten so, als wenn sie was ganz Spannendes lesen würden. Dabei wusste ich genau, dass sie dachten, Was macht so ein junges Mädchen denn mit dem Alten auf dem Klo?

Man sieht ja nicht gleich, was Konrad hat.

Ich hab dann bemüht nicht groß geguckt und mich mit Konrad noch mal hingesetzt auf die einzigen zwei freien Stühle. Ich versuchte, ganz teilnahmslos im Wartezimmer herumzuschauen und dabei hab ich ihn dann gesehen: Philipp aus meiner Klasse saß da.

Philipp ist mir eigentlich nicht so wichtig, aber er ist der Freund von Flori, und den finde ich toll. Nach außen habe ich dann „Hallo" zu Philipp gesagt, und er hat auch „Hallo" gesagt. Innen in meiner Seele war die Hölle los. Phillip erzählt das Flori und der denkt bestimmt: Mit so einer will ich nichts zu tun haben. Dabei hätte ich Flori so gern als Freund. Aus die Maus. Ich schämte mich.

Irgendwie hab ich diesen Besuch mit Konrad dann

hinter mich gebracht. Tabletten hat er vom Arzt bekommen, eine Probepackung, weil er eine Blasenentzündung hat.

Zu Hause saß ich dann auf dem Küchenstuhl am Tisch. Konrad wollte gleich in sein Zimmer. Ich war allein. Ich hab laut geheult.

Das ist das Letzte, an was ich mich erinnern kann.

Konrad ist aber nicht schuld gewesen, dass ich wütend war.

Konrad auf jeden Fall nicht!

Leichtfüßig

Claudia Hellstern

Gaby wachte auf und schaute auf die Uhr. Wieder eine mehr oder weniger schlaflose Nacht vorbei und jetzt war es erst vier Uhr morgens. Manfred neben ihr schlief selig. Sie fand es faszinierend, wie er immer schlafen konnte. Er musste nur den Kopf ablegen und schon schlief er durch bis zum Morgen. Egal, was alles passiert war, ob es Sorgen oder Probleme gab, über Nacht verdrängte er alles und tauchte ab in den Schlaf. Beneidenswert.

Sie stand leise auf, nahm ihren Morgenrock und ging in die Küche. Ganz langsam wachte der Tag auf. Dunstig hingen die Wolken am Himmel, der Mond zeigte wie ein alter Wachmann seine Silhouette und hier und da funkelte sogar noch ein Sternchen durch den bereits grauen Himmel. Sie liebte diese frühen Stunden und als sie auf die Terrasse trat und den Gesängen der Vögel zuhörte, atmete sie die jetzt noch frische Luft tief ein. Das war ihre Zeit – das Morgengrauen.

Was sollte sie anfangen zu so früher Stunde? Die Zeitung war noch nicht da und den Haushalt wollte sie jetzt noch nicht machen. Manfred brauchte Ruhe, er konnte es nicht leiden, wenn er vorzeitig geweckt wurde.

Sie ging ins Bad, machte sich zurecht, zog ihren Trenchcoat und die weichen Mokassins an und ging ganz leise zur Haustür, die hinter ihr geräuschlos ins Schloss fiel.

Die Straße war zu dieser Zeit noch menschenleer. In dem ruhigen Vorort mit den vielen Einfamilienhäusern schien die Welt sich erst später am Morgen wieder zu drehen. In ganz wenigen Fenstern gab es einen matten Lichtschein. Ruhe, absolute Ruhe. „Prima!", dachte sie und machte sich auf leisen Sohlen auf den Weg in Richtung des benachbarten Hochhausviertels. Es war so still, dass sie sogar ab und zu die regelmäßigen Atemzüge der schlafenden Menschen aus den Häusern zu hören glaubte. Der Tag fing ganz langsam an aufzuwachen. Die anfangs noch schwammigen Konturen der Häuserreihen begannen allmählich an Schärfe zu gewinnen.

Sie war aufgeregt und amüsiert über ihr Vorhaben und war gespannt auf sein Gelingen. Von weitem sah sie den Zeitungsausträger mit seinem Fahrrad. „Der muss mich nicht unbedingt sehen. Er kennt mich und wundert sich sicher, was ich um diese Uhrzeit hier in dieser Gegend mache". Schnell bog sie in eine Seitenstraße ab und wartete, bis er vorüber war.

„Gleich bin ich da", sie war aufgeregt wie ein kleines Kind, das gerade einen Streich spielt. Die Kirchturmuhr schlug vier Uhr dreißig. Zwei Stunden noch, dann würde Manfred aufstehen. Diese beiden Stunden, die ihr gehörten, wollte sie auf eine wunderbare Weise nutzen.

Gaby stand endlich vor der geschlossenen Haustür des Appartementblocks und horchte in die Stille. Nichts – kein Laut war zu hören. Vorsichtig steckte sie den Schlüssel in das Schloss der Eingangstür und hoffte, dass sie nicht klemmte. Gaby öffnete sie einen Spalt und schlüpfte hinein. Ganz langsam und ohne ein Geräusch zu verursachen, ließ sie die Türe wieder in Schloss fallen. Nun stand sie in dem dunklen Treppenhaus. Es roch vertraut nach Bohnerwachs und undefinierbarem Essen. Gaby hoffte, dass sie ungesehen bis in den dritten Stock kommen würde, dass nicht einer der anderen Bewohner des Hochhauses zur Frühschicht musste oder auf die Idee einer morgendlichen Joggingrunde kam. Den knarrenden Fahrstuhl wollte sie nicht nehmen, denn in diesem Haus hatten die Wände Ohren. Behände rannte sie zwei Stufen auf einmal nehmend hinauf und blieb vor der Tür mit dem Messingschild, auf dem in schöner Schreibschrift Kunzmann geschrieben war, stehen. „Da bin ich", flüsterte sie atemlos. Sie schloss die Wohnungstür auf und schlüpfte wie eine Diebin hinein in die Wohnung.

Alles still. Das Ticken einer Uhr und das Rumpeln des Kühlschranks, sonst nichts. Direkt am Glasabschluss ließ sie ihren Mantel fallen, schlüpfte geschwind aus ihren Schuhen und schlich, nur in BH und Höschen gekleidet, in das hintere Zimmer. Dort hob sie ganz sanft die Bettdecke und ließ sich in die wohlige Wärme hineingleiten. Sie roch seinen Körper, beschnupperte ihn und streichelte ihm zärtlich über seinen Bauch bis hinunter zur Morgenbegrüßung. Er knurrte wie ein kleiner Hund, wusste nicht, ob er träumte oder wachte, nahm sie in die Arme und küsste sie schlaftrunken, als ob ihn gerade ein herrlicher Traum überraschte.

Sie war glücklich in seinen Armen und genoss seine Zärtlichkeit und Begierde, genoss die unzähligen Liebkosungen, die Liebe am Morgen und schwang sich kurz nach sechs wieder aus dem Bett. Auf dem gleichen

Weg, den sie gekommen war, ging sie zurück nach Hause, zurück in die Rolle der Ehefrau.

Sie betrat die Wohnung auf Zehenspitzen, zog sich schnell etwas Alltägliches an und setzte sich mit Zeitung und Kaffee an den Küchentisch, als ob sie den ganzen Morgen noch nichts anderes getan hätte.

„Guten Morgen, mein Lieber, hast du gut geschlafen?", begrüßte sie ihn herzlich, als Manfred zu ihr in die Küche kam.

Endlich Licht!

Sabine Lauffer

Es war nach neun Uhr geworden, als Tanja in Sportkleidung und Laufschuhen ihre Wohnung verließ. Um den Kreislauf schon einmal in Schwung zu bringen, rannte sie die 108 Treppenstufen zur hell erleuchteten Eingangshalle hinunter, bevor sie die gläserne Eingangstüre öffnete und hinaus in den kühlen Frühlingsabend lief. Sie ließ die gepflegte Wohnanlage, in deren Rabatten Tulpen in allen erdenklichen Farben blühten, hinter sich, bog in den Fahrradweg nach links ein und erreichte nach wenigen Minuten den nahen Stadtwald. Nach ein paar hundert Metern blitzte das Licht der Straßenlaternen nur noch vereinzelt durch die Bäume hindurch, ansonsten Dunkelheit. Sie spürte den festen, von Schlaglöchern übersäten Waldweg unter ihren Füßen, rückte ihre Stirnlampe zurecht und ließ sich von der Musik aus ihren Kopfhörern davontragen.

Den ganzen Tag hatte Tanja im stickigen Lesesaal der Universitätsbibliothek gesessen und konzentriert an ihrem Referat gearbeitet. Ihre Beine waren während der letzten Stunde immer unruhiger geworden, da half nur eine Runde Joggen. Ihre Standardstrecke durch den Stadtwald hatte genau die richtige Länge nach einem solchen Tag.

Etwa zur gleichen Zeit schob Hans-Peter sein Fahrrad den steilen, schmalen Pfad auf der rückwärtigen Seite des Max-Planck-Instituts den Hügel zum Waldweg hinauf. Er war in den letzten Wochen oft auf den Wegen im Stadtwald unterwegs gewesen, vor allem nachts, getrieben von den Stimmen, die zu ihm sprachen. Er, der ein unscheinbares Leben führte, war von den Geistern auserwählt worden, sich für das Wohl der Tiere im Freiburger Stadtwald einzusetzen. Hans-Peter war sehr stolz darauf, dass sie ihm diese Kraft zutrauten. Geirrt hatten sich die Geister noch nie.

Er lehnte sein Fahrrad oben auf dem Plateau an einen Baum, abschließen brauchte er es nicht. In einer solchen Nacht waren nicht viele Menschen im Wald unterwegs, und dass es bald niemand mehr war, dafür würde er sorgen. Er nahm seine große Nylon-sporttasche vom Gepäckträger und machte sich auf den Weg.

Tanja hatte bereits mehr als die Hälfte ihrer Laufstrecke hinter sich, als ihr Blick im schwachen Schein der Stirnlampe einen Schatten am rechten Wegrand ausmachte, der sich langsam bewegte. Ein Marder oder ein Dachs vielleicht? Auf der Suche nach Futter? Es wäre nicht das erste Mal, dass sie in die Augen eines Waldtieres blickte, die im Licht der Stirnlampe reflektierten. Sie verlangsamte ihre Schritte, wollte dem Schatten nicht zu nahe kommen, entschied sich lieber, stehen zu bleiben und abzuwarten. Sie nahm die Kopfhörer ab. Ein Rascheln, Äste knackten, dann wieder Stille. Bevor sie weiter nachdenken konnte, raschelte und schnaubte es nun deutlich lauter. Nur zwei Meter von ihr entfernt lief eine Wildsau mit ihren vier Frischlingen eilig über den breiten Waldweg, bevor sie mit ihrer Familie im Dickicht verschwand. Ihre Herzfrequenz hatte sich kurz erhöht, beruhigte sich nun wieder. Sie war froh, dass sie angehalten und gewartet hatte, mit so einer von Muttergefühlen getriebenen Wildsau war nicht zu spaßen. Hoffentlich kam sie nicht zurück. Tanja beschloss, auf ihre Musik zu verzichten und lieber die Ohren frei zu haben für die Geräusche im Wald.

Eilig setzte sie einen Fuß vor den anderen, lief schneller als zuvor, wollte den Wald nun zügig wieder verlassen. Bis sie zum Ende ihrer Joggingrunde kam, dauerte es sicherlich noch zehn Minuten. Sie begegnete niemandem. Normalerweise waren um diese Uhrzeit noch andere Jogger auf dem breiten Stadtwaldweg unterwegs. Erst jetzt fiel ihr auf, dass in letzter Zeit diese Strecke unter den abendlichen Freizeitsportlern nicht mehr sehr beliebt zu sein schien. „Vielleicht bilde ich mir das nur ein", versuchte Tanja sich zu beruhigen.

Noch waren die Lichter der Straßenlaternen weit weg. Da war es wieder, dieses Knacksen, so als ob ein großes Tier durch das Unterholz laufen würde. Wieder und wieder, kräftiger und lauter, immer näher. Auf ihren Armen bildete sich Gänsehaut. Obwohl sie von dem schnellen Lauf bereits nass geschwitzt war, fror sie. Tanja erhöhte nochmals ihr Tempo. Jetzt sah sie ganz deutlich ein Wesen, nur wenige Meter neben sich. Es bewegte sich schnell und sicher. Hoffentlich kein wild gewordener Eber, der mich hier verfolgt. Tanja dachte mit großem Unbehagen an den Zeitungsartikel, den sie kürzlich gelesen hatte. Darin wurde über einen Jogger berichtet, der von einem verletzten Eber angegriffen worden war. Das hohe Lauftempo machte ihr zu schaffen, sie keuchte, schwitzte, ihre Beine wurden schwerer, ihr Herz raste.

Den quer über den Waldweg liegenden Stock übersah sie. Ihr Blick war nach vorne gerichtet gewesen. Es ging ganz schnell. Ehe sie verstehen konnte, was passierte, lag sie mit dem ganzen Körper auf dem Boden. Ihr rechtes Knie schmerzte höllisch und nur ihr Reflex, die Arme vorschnellen zu lassen, hatte verhindert, dass sie mit dem Kopf aufschlug. Benommen richtete sie sich ein wenig auf. Tanja vernahm ein kräftiges Stampfen und Schnaufen. Etwas sehr Großes verließ den Schutz der Bäume und betrat den Waldweg. Tanja war wie gelähmt, konnte vor Angst nicht einmal schreien. Wer hätte sie auch hören können? Die Augen zu schließen wagte sie nicht.

Es war keine Wildsau und auch kein Eber, der sie da verfolgt hatte, sondern ein haariger, großer Braunbär! Der tapste gemächlich auf den Weg, hob seinen mächtigen Kopf in die Höhe, blickte ihr fest in die Augen, öffnete sein gewaltiges Maul, schloss es wieder und verschwand im Dunkeln.

Tanja rappelte sich auf, stürmte los, das Knie schmerzte, die Lungen brannten. Egal, einfach weg hier. Es rauschte in ihren Ohren, aber sie würde nicht stehen bleiben, bevor sie heraus war aus diesem Wald. Sie traute sich nicht, sich umzudrehen, wollte nicht wissen, ob sie verfolgt wurde. Endlich erreichte sie den Fahrradweg, stolperte nun mehr als dass sie rannte. In der Ferne konnte sie über den Baumwipfeln die vielen kleinen erleuchteten Fenster ihres Wohnheims sehen. Sie waren ihr noch nie so willkommen gewesen wie in diesem Augenblick. Noch einmal nach links, geschafft! Völlig erschöpft blieb sie vor dem beleuchteten Eingang zum Studentenwohnheim stehen, rang nach Luft. Was war das denn gewesen? Im Wald war es zwar heute sehr dunkel, aber einen Bären von einem Wildschwein konnte sie unterscheiden. Hatte die Angst ihre Sinne derart vernebelt? Sollte sie sofort den Förster verständigen, oder machte sie sich lächerlich? Mit letzter Kraft öffnete sie die Eingangstüre und hinkte zum Aufzug. Die Treppen hinauflaufen würde sie heute nicht mehr und morgen würde sie auf jeden Fall eine neue Laufstrecke ausprobieren.

Hans-Peter wartete, bis die völlig panische Joggerin außer Reichweite war und lachte leise in sich hinein. Den großen Bärenkopf hatte er abgenommen und unter seinen Arm geklemmt. Mit dem Ding zu rennen, war ziemlich anstrengend, aber es hatte sich gelohnt. Der hatte er ganz schön Beine gemacht. Diese Joggerin würde man so schnell nachts im Wald nicht mehr sehen. Er war seinem Ziel wieder ein Stück näher gekommen. Glücklich darüber, dass er den Geistern dienen konnte, wanderte er leise durch die Nacht zurück zu seinem Fahrrad. Der Bär, Beschützer der Tiere, hatte ihm wieder einmal geholfen, den Lebensraum der Tiere zu schützen. Die Stimmen hatten ihm klar zu verstehen gegeben, dass sie nachts keine Freizeitsportler im Wald duldeten.

Das war seine Mission! Der Braunbären würde noch eine Weile durch den Wald geistern.

Günter Braun

Stephanie Nykl

Günter Braun ist tot. Er starb im Alter von sechsundsechszig Jahren. Knapp zwei Jahre wohnte ich direkt neben ihm. Wir schliefen Wand an Wand. Ich wusste, dass er um sechs Uhr zwanzig aufstand, jeden Tag, auch am Wochenende. Ich wusste, dass er in weniger als vier Minuten duschte. Er hörte morgens Volksmusik und jeden Samstag schaute er die Sportschau. Nachrichten und Informationen aus aller Welt holte er sich über Deutschlands meist verkaufte Tageszeitung, die angeblich niemand liest. Und nun ist er tot. Das Herz, sagt man. Vielleicht auch die Leber, denkt man.

All die Statussymbole, die für Günter Braun wichtig waren, wurden von Martha, der frischgebackenen Witwe, binnen kurzer Zeit verkauft. Der BMW X5 in sparkling brown – gepflegt, geliebt und regelmäßig gewachst –musste seinen Platz für ein rotes MX 5 Cabrio räumen. Tagetes und Tausendschön blühen in den Balkonkästen, wo zuvor üppige Geranien herabhingen, und schwere Eichenholzmöbel wurden karitativen Zwecken gespendet. Martha trägt jetzt ihre Haare offen und hat Trachtenblusen gegen modische Shirts ausgetauscht. Sie scheint verändert, ist nicht mehr die brave Hausfrau, die putzte, kochte, Geranien zupfte und zu allem, was ihr Mann sagte, nickte.

Die Vier-Zimmer-Wohnung hier im zehnten Obergeschoss hatte Günter Braun gekauft, als er das Reihenhaus, das er für seine Familie gebaut hatte, seiner

Tochter Eva vermachte. Sie erwartete damals gerade ihr drittes Kind. Zur Eigentümerversammlung, die kurz nach seinem Einzug stattfand, erschien er im hellbraunen Anzug mit olivfarbener Krawatte und einem Hemd mit gestärktem Kragen. Den Schnauzer akkurat gestutzt, die grauen Haare gescheitelt und glatt gekämmt. Er ließ sich sofort in den Verwaltungsbeirat wählen. Seine Frau gratulierte ihm zur gewonnenen Wahl und strich ihm anerkennend über die Schulter. Die übrigen Miteigentümer waren froh, jemanden für den Job des Verwaltungsbeirats gefunden zu haben und gratulierten ebenfalls sehr überschwänglich.

Seine erste Aktion als Beirat war, sich mit der Putzfirma anzulegen. Er bemängelte die unsaubere Arbeitsweise und klagte dies beim Chef des Reinigungsunternehmens an. Mit den Putzleuten selbst wollte er nicht reden. „Ich kann ja kein Türkisch, nicht wahr", meinte er. Über seine Witze konnte er selbst am besten lachen. Er hatte immer Recht, seine Meinung war die einzig richtige, davon war er überzeugt. Von Politik wusste er mehr als alle Minister zusammen. Jugendarbeitslosigkeit würde er durch Schaffung von neuen Jobs lösen. Die jungen Leute waren es ja nicht gewohnt zu arbeiten, denen sollte man eine Schaufel in die Hand drücken und einen Besen, dann könnten sie am Bahnhof sauber machen und man bräuchte die türkische und russische Putzmafia nicht. Würde ihn ja nicht wundern, wenn die Russen ihre Putzfrauen verwanzten, damit sie uns Deutsche bespitzeln können.

Aber auf ihn, den Günter Braun, hörte ja keiner. Wenn der Schäuble König wäre und er, Herr Braun, sein erster Minister, dann würde Deutschland wieder funktionieren. Arbeitslosengeld und Sozialhilfe gäbe es bei ihm nicht. Er hatte ja auch gearbeitet, 50 Jahre hatte er dem Staat gedient, als Beamter bei der Bundesbahn. Seit die Bahn privatisiert war, lief da ja nichts mehr. Da gab es nur noch Manager und Studierte. Die konnten große Reden schwingen, vom Arbeiten hatten sie jedoch keine Ahnung. Als er bei der Deutschen Bundesbahn seinen Dienst antrat, da herrschte noch Ordnung. Er wusste damals noch, wer der Chef im Laden war. Er hatte im Haus für Recht und Ordnung gesorgt, sich als Aufseher verstanden. Die Kinder aus den Mietwohnungen mahnte er zur Ruhe, wenn sie auf dem Rasen Fußball spielten. Martha widmete sich den häuslichen Pflichten, putzte, kochte und zupfte Geranien. Sie hütete die Enkelkinder und vertrat stets die Meinung ihres Mannes.

Als Günter dann in Pension ging, wollte Martha mit ihm verreisen. Nicht wie sonst zum Camping am Waginger See. Sie wollte eine Schiffsreise mit ihm machen oder eine Flugreise, Kanaren, Karibik oder so. Einen Reisegutschein schenkte sie ihm zu seinem sechsundsechzigsten Geburtstag, zusammen mit den Kindern und allen Verwandten und Freunden. Eine vierstellige Summe war hierfür zusammengekommen.

Nun stand Martha da, den Reisegutschein in den Händen. Sie wollte verreisen, wollte mit ihm verreisen, mit ihrem Ehemann. Nie hatten sie sich einen exklusiven Urlaub gegönnt, wegen der Kinder. Wenn man drei Kinder hat, dann ist Campingurlaub einfach das Beste. So fuhren sie Jahr um Jahr zu diesem Campingplatz am Waginger See.

Inzwischen waren die Kinder alle aus dem Haus,

hatten selbst Familie. Martha träumte von einem Urlaub in einem 5 Sterne-Hotel irgendwo auf einer Insel im Süden. Sich um nichts kümmern, den ganzen Tag am Pool liegen oder Spaziergänge am Strand machen. Frühstück, Mittagessen und Abendessen am Buffet und es sich einfach gut gehen lassen. Oder auf einem Luxusschiff – tags auf dem Liegestuhl an Deck, einen Cocktail schlürfen oder einen Kaffee. Am Abend dinieren bei klassischer Musik und tanzen bis Mitternacht. So gern hätte sie dies alles mit Günter zusammen erlebt. Doch das ist nun nicht mehr möglich, denn Günter ist tot – Herzversagen.

Martha dreht den Reisegutschein in ihren Händen, liest die vier Zeilen darauf, die sie schon längst auswendig kennt. Sie steckt den Gutschein ein und verlässt das Haus. Ihre Schritte führen sie zum Friedhof. Vor Günters Grab bleibt sie lange stehen. Sie betrachtet noch einmal den Reisegutschein.

„Gerne wäre ich mit dir verreist. Es ist schade, dass das nicht möglich ist." Sie wendet sich abrupt ab.

Genau genommen wäre es mit ihm nicht möglich gewesen, zu reisen. Er machte ihr rasch klar, dass er kein Interesse an fernen Ländern habe. „Eins sach ich Dir", erklärte er in autoritärem Ton, „den Banditen da unten (damit meinte er alle nicht deutschsprachigen Länder) denen gebe ich mein Geld nicht!" Der Fall war somit für ihn erledigt. Günter ließ keine Diskussion zu. Er war schon immer ein Sturkopf gewesen. Als Mann im Haus hatte er das Sagen. Widerspruch duldete er nicht. Wenn Martha, besorgt um seine Gesundheit, ein cholesterinarmes und vollwertiges Gericht zubereitete, unterstellte er ihr, sie wolle ihn vergiften. Die Tabletten gegen Bluthochdruck und einen erhöhten Cholesterinspiegel nahm er nur, wenn seine Gattin ihm diese mit einem Glas Bier reichte. Er war davon überzeugt, dass Medikamente nur dazu dienten, die Pharmaindustrie reicher zu machen und die war schlimmer als die Mafia, das las man beinahe täglich in der Zeitung. „Ich trinke lieber mein Bier, gebraut nach deutschem Reinheitsgebot. Bei den Pillen, die du mir gibst, weiß ich nicht, was drin ist. Du könntest mich umbringen mit den Dingern, ich würde nichts merken." Er lachte über diesen gelungenen Witz.

Martha stand auf und zog sich in das Hauswirtschaftszimmer zurück. „War nur ein Witz, Hasi", meinte er und zwirbelte seinen Schnurrbart. Sie schenkte ihm keine Beachtung. Ihr war ein genialer Gedanke gekommen.

Dass es zwei Tage nach diesem Vorfall andere Tabletten für ihn gab, fiel ihm nicht auf. Er freute sich, dass er die Pillen jetzt mit einem Kirschwasser nehmen durfte. So lässt es sich gut leben!, dachte er und lachte. So lässt es sich gut sterben!, dachte sie und lächelte.

Nachtgeräusche

Claudia Hellstern

Brigitte liegt wie erstarrt im Bett. Etwas hat sie aufgeweckt. Anfangs fühlte sich dieses Geräusch an, als ob es zu ihrem Traum gehören würde. Rums, rums! Sie liegt da und lauscht in die Stille. Was das wohl sein mag? Sie ist noch so verschlafen, dass sie es nicht orten kann. Die Wohnung in dem Hochhaus ist sehr hellhörig. Für sie sowieso, da sie sehr geräuschempfindlich ist. Oft schreckt sie auf, weil sie Schritte hört, Husten oder Musik. Nie wird sie sich daran gewöhnen. Rums, rums! Und das mitten in der Nacht. Da sie die Vorhänge nachts nie schließt, die Rollläden nicht zumacht, ist das Zimmer in ein fahles Licht getaucht. Der Mond scheint durch das offene Fenster. Ihr Blick wandert durch den Raum.

Sie dreht sich nach Alfred um, der ruhig neben ihr schläft. Ein Phänomen, nichts kann ihn aus dem Schlaf reißen. Ein Blasorchester könnte neben ihm spielen, es würde ihn nicht stören. Sie könnte sterben neben ihm, er würde es nicht merken. Das war schon immer so. Er legt sich hin und schläft. Rums, rums! – Da ist es wieder.

Alfred ist alt geworden, denkt sie, als sie ihn betrachtet. Ein fast kahler Kopf. Er kämmt sich seine Haare zurzeit quer über die kahlen Stellen und meint, damit schöner zu sein. Fein säuberlich legt er die dünnen Strähnen über seine Glatze. Er denkt tatsächlich, dass die Leute nicht sehen, dass er kahl wird, es eigentlich sogar schon ist. Sein sonst so faltiges Gesicht wirkt im Schlaf viel glatter. Vielleicht, weil er so entspannt liegt und schläft. Wenn er sich nur den Schnauzbart wieder abrasieren würde. Das ist sein neuester Tick. Damit will er wohl beweisen, dass noch nicht aller Tage Abend ist. Wenn schon keine Haare auf dem Kopf, dann im Gesicht. Grau ist der Bart auch und zudem mag sie ihn nicht mehr küssen. Sie stellt sich vor, wie Rotz und Spucke in dem Bart kleben und vielleicht auch Essenreste.

Da ist es wieder, dieses Geräusch. Brigitte wundert sich, dass Alfred ungestört weiter schläft. Er schnarcht leise, blubbert und pfeift dabei. Beneidenswert. Das konnte er schon immer – schlafen. Früher war sie jede Nacht in seinen Armen eingeschlafen, eng an ihn geschmiegt. Das ist lange vorbei. Schon allein der Bart schreckt sie ab. Manchmal sehnt sie sich nach Zärtlichkeit, seiner Zärtlichkeit. Aufdrängen, fordern – das war noch nie ihre Stärke. Sex hatten sie lange keinen mehr. Schade. Aber er scheint ihn nicht zu brauchen. Und sie?

Leise steht sie auf. Ich bin auch alt geworden, denkt sie. Ich hatte doch im Bett nie ein Flanellnachthemd an, schlief immer nackt. Vielleicht tötet das seine Begierde? Sie sucht ihre Hausschuhe und schleicht aus dem Schlafzimmer.

Da – wieder dieses Geräusch, jetzt klarer, deutlicher. Schrecklich diese hellhörigen Wohnungen. Sie kann sich immer noch keinen Reim darauf machen, doch ist sie beruhigt, weil sie das Gefühl hat, dass es nicht in ihrer Wohnung ist, dass niemand da ist.

Sie geht in die Küche und macht sich einen Tee. Vielleicht kann sie danach wieder einschlafen. Oft ist sie mitten in der Nacht wach, aus dem Schlaf gerissen, durch einen Traum, einen Gedanken, ein Geräusch. Dann ist sie am Tag genervt und launisch, weil ihr der Schlaf fehlt.

Manchmal hasst sie ihren Alfred dafür, dass er so problemlos einschlafen kann, alles ausschalten kann. Aber das war schon immer so. Früher hat ihr das nichts ausgemacht. Ja, der Alfred ... Früher.

Sie setzt sich mit dem Tee an den Küchentisch und macht ihren nächtlichen Gedankenspaziergang. In der Wohnung darüber geht die Klospülung. Die alte Frau wandert nachts auch oft durch die Zimmer. Sie kann nie durchschlafen. Man sollte einen Treffpunkt ausmachen für all die Schlaflosen, einen Gemeinschaftsraum im Hochhaus. Witzig, der Gedanke, wenn die unterschiedlichen Bewohner nachts in ihren Schlafanzügen und Nachthemden zusammenkommen würden, jeder eine Tasse Tee oder Milch in der Hand oder gar ein warmes Bier. Irre diese Vorstellung. Brigitte schmunzelt bei dem Gedanken. Das Geräusch holt sie in die Wirklichkeit zurück.

Sie nimmt ihre Tasse und geht ins Wohnzimmer. Sie macht die Balkontüre auf und schaut in die Nacht. Draußen auf der Straße ist nicht viel los. Ein Hund bellt irgendwo und dann hört sie es wieder. Ganz deutlich jetzt. Begleitet von unterdrückten Schreien. Sie spitzt die Ohren und geht hinaus auf den Balkon.

Vor kurzem ist ein junges Paar in die Nachbarwohnung eingezogen. Sie hat die beiden schon ein paarmal knutschend im Hausflur gesehen. Sie können nicht voneinander lassen. Früher durfte man in der Öffentlichkeit nicht so ungeniert knutschen. Heute schon, und sie ertappt sich dabei, dass sie die jungen Leute beneidet. Wenn Alfred keinen Bart hätte, vielleicht würde sie ihn auch einmal im Treppenhaus knutschen. Allein schon, um die Witwe im vierten Stock zu ärgern, die ihren Alfred immer so unverschämt anschaut. Und da weiß sie es. Die jungen Nachbarn haben die Balkontüre auf wie sie und … Sie geht hinaus auf den Balkon, setzt sich auf den Sessel draußen und wird zur stillen Zuhörerin bei dem Liebesspiel nebenan. Ihr ist nicht kalt – ihre Phantasie hat Flügel und sie nimmt teil, ihr Körper lebt mit, und sie landet dort, wo sie lange nicht war. In Ahs und Ohs begleitet von Rums, rums!

Die Frau am Fenster

Ilse Reichinger

Soweit es ihm möglich war, ging Konstantin jeden Tag um das Hochhaus herum, meist nach dem Frühstück. Er sammelte Heruntergefallenes. Was ihn zu dieser Tätigkeit trieb? Er wusste es selbst nicht. Ein zwanghafter Tick, eine sonderbare Leidenschaft? Vielleicht das Gen eines längst vergessenen Vorfahrens, eines Sammlers. Dieses Freizeitvergnügen war jedenfalls seiner Gesundheit sehr zuträglich, regelmäßig frische Luft und Bewegung. Man sah es ihm an, ein gutaussehender 24-Jähriger.

Im Winter fand er jede Menge Schokoladenpapier, sogar eingepackte Schokolade, Zigarettenschachteln und Kippen, Käse, Brot, vertrocknete Wurstenden. Während des Sommers lagen viele vergammelte Bonbons und Gummibärchen, Flaschenverschlüsse, Pappteller, Sektkorken, auch Knöpfe, einzelne Socken herum. Einmal fand er einen roten Büstenhalter. Diesen Fund gab er per Aushang bekannt. Niemand meldete sich.

Er wusch jedes Fundstück sorgfältig, verstaute es in Kartons, beschriftete diese mit Datum, Uhrzeit und Fundort. Dann lagerte er diese Dinge in den Hochschränken im Flur. Irgendwann würde er Statistiken erstellen über Charakter und Verhaltensweisen von Hochhausbewohnern.

Vor einigen Tagen fand er auf der Seite der Küchenfenster zusammengeknüllte Papierfetzen, abgerissenes Butterbrotpapier, darauf gekritzelte

Schriftzeichen. Runen? Vier Papierfetzchen hatte er aufgehoben. Heute fand er wieder drei.

Entgegen seiner Gewohnheit blieb er stehen, trat einige Schritte zurück. Er beobachtete die Küchenfenster vom Parterre bis zum zweiten Stock. Morgen würde er ein Fernglas mitnehmen. Als er sich umdrehte und gehen wollte, sah er einen Schatten am Küchenfenster des zweiten Stocks. Er blickte noch einmal hoch. Das Fenster war gekippt. Ein Frauengesicht, eingehüllt in ein geblümtes Kopftuch. Sie gestikulierte heftig mit den Händen und rief etwas, das er nicht verstand. Er winkte ihr zu und blieb in Blickkontakt. Sie zeigte auf sich und das Fenster, als würde sie eine Türe abschließen. Dann drückte sie das Fenster zu, machte mit dem Arm eine Geste, als ob sie das Fenster weit aufmachen wollte und schüttelte den Kopf. Er hatte begriffen, das Fenster war abgeschlossen. Einbruchssicherung, auch Schutz für Kinder.

Die Wohnung gehörte dem biederen Herrn Lehmann. Dieser gab sich immer sehr konservativ. Ungefragt beteuerte er jedem, der es nicht hören wollte, dass die CDU die einzige wahre Partei sei. Niemals würde er eine andere wählen. Bei einem Hock erzählte er einmal, dass er keine Verwandten habe. Hatte er die Wohnung etwa vermietet? Mysteriös! Die Frau wirkte so verzweifelt. Zuerst musste er klären, was auf den Zetteln stand.

Nachdenklich lief Konstantin die Straße hinunter. Er wollte noch Lebensmittel besorgen. Als er vom Einkaufen nach Hause kam, er wohnte im dritten Stock des Hochhauses, hatte er seine Fundstücke noch immer in der Hosentasche. Er legte sie in die Badewanne zum

Säubern. Das zusammengeknüllte Papier strich er sorgfältig glatt. Ob das Türkisch war? Er seufzte: „Ich weiß viel zu wenig".

Im Regal stand das alte Lexikon seines Vaters, die Seiten vergilbt. Unter „Schriftzeichen" fand er römische Zeichen, keltische und andere. Die kyrillische Schrift war abgebildet. Das war sie, die Schrift auf dem Butterbrotpapier. Er suchte im Internet. Kyrillisch schrieb man in Teilen Russlands, in Serbien, Bulgarien, in der Ukraine, in Tschetschenien und anderen östlichen Ländern. Wer könnte ihm die kyrillische Schrift übersetzen?

Über dieses Problem würde er am Abend nachdenken müssen. Um 15 Uhr begann sein Dienst bei der Sozialstation. Er wollte in Ruhe essen, sich duschen und seine weißen Klamotten anziehen. Im Laufe des Tages vergaß er den Vorfall. Erst als er gegen 21 Uhr an der Lehmann-Wohnung vorbei kam, fiel es ihm wieder ein. Er drückte sein Ohr an die Wohnungstüre, hörte jedoch nichts, lediglich ein Lichtstreifen zeigte sich unter der Türe.

Von einem russischen Lebensmittelgeschäft hatte er vor Wochen in der BZ gelesen. Er sah im Internet nach. Aha, hier: „Kalinka", ein Laden im Rankackerweg. Das war ganz in der Nähe. Morgen würde er auf den Hochhaus-Rundgang verzichten und in diesem Laden einkaufen gehen.

Am nächsten Tag ging Konstantin zu Fuß in den Rankackerweg. Er hatte sein einziges Jackett angezogen, eine Stofftasche in der Hand. Er sah recht attraktiv aus, groß und schlank, durchtrainiert. Die längeren Haare gebändigt, sogar sein Gesicht hatte er eingecremt. Zaghaft betrat er den kleinen Laden. Es war niemand da. Neugierig betrachtete er die vielen Dosen und Gläser. Ein bisschen Gebäck und Brot gab es auch. Baranki, das war Gebäck, Bliny, Borodiner Brot, Okroschka Medowucha. Ungewöhnliche Bezeichnungen! Russische Lebensmittel hatte er noch nie eingekauft.

„Guten Tag", sagte eine sanfte Stimme, „was wünschen Sie?" Etwas verlegen verlangte er zwei Gläser Gurken und Baranki. Schüchtern blickte er der jungen Frau in die Augen. Sie hatte blaue, ausdrucksvolle Augen. Sie war auffallend hellhäutig. Die Haare wirkten natürlich blond. Etwas kleiner als er, sehr schlank. Aufmunternd lächelte sie ihn an. Konstantin nannte ihr seinen Namen, Konstantin Sailer. Er erzählte von den Papierfetzen, die er bei seinen Spaziergängen gefunden hatte. Er entschuldigte sich, dass er sie damit behelligte. Im Internet habe er die kyrillische Schrift gefunden und sich in diesem Zusammenhang an einen Beitrag in der BZ erinnert, in welchem ihr Laden mit den russischen Spezialitäten abgebildet war. Er habe gehofft, dass man ihm die Worte übersetzen könne.

„Mein Name ist Irina Petrow", stellte sie sich ihm vor. Sie studierte alle Zettel eingehend. „Hier steht: ‚Hilfe, eingesperrt, kein Geld, Bulgarien.' Mein Vater trinkt nebenan Tee. Wenn Sie noch etwas Zeit haben? Diese rätselhafte Angelegenheit interessiert ihn sicher. Es wäre wichtig, mehr herauszufinden." Da es bereits Mittag war, schloss sie den Laden.

Der Vater stellte sich als Boris vor. Er war ein sehniger Typ, mittelgroß, graumelierte volle Haare, sympathisch. Konstantin stellte sich ebenfalls vor. Er zeigte ihm die Papierfetzen und erzählte von der seltsamen Begebenheit. Boris brummte empört vor sich hin: „Mmm, eine Frau ist eingesperrt? Das gibt es doch nicht!". Er musterte Konstantin skeptisch. „Das ist sehr speziell", sagte Boris. Sein harter Akzent gab den vier Worten eine besondere Bedeutung. Sie diskutierten eingehend, wie sie vorgehen könnten.

Die Polizei wollten sie vorerst nicht einschalten. Vielleicht war es eine Verrückte? Sollte sie von einem gewalttätigen Mann eingesperrt worden sein, dann wäre es für die Frau zu riskant. Möglicherweise hatte sie keinen Pass. Der Mann könnte leugnen. Viele Unannehm-lichkeiten wären zu erwarten. Konstantin sollte zuerst noch Weiteres herausfinden. „Vielleicht kommst Du irgendwie an die Frau heran und kannst ihr unbemerkt diesen Zettel zuschieben." Der Vater schrieb kyrillisch auf einen Zettel: „Wir helfen Dir bald, Boris und Freunde." Den sollte Konstantin am nächsten Morgen durch den Schlitz unter der Türe der betreffenden Wohnung schieben. Erst einmal wollten sie die abenteuerliche Geschichte für sich behalten. Und beobachten, wann der Eigentümer oder jemand anderer die Wohnung verließ und wann er wieder zurückkam.

Am nächsten Morgen stand Konstantin, in einer Ecke versteckt, unter der Treppe der zweiten Etage. Es war Lehmann, der die Wohnung pünktlich um 8 Uhr 30 verließ. Dunkelgrauer Zweireiher, weißes Hemd, blaue Krawatte, gescheiteltes graues Haar, glänzende Schuhe.

Ein seriöser älterer Herr. So stellt man sich einen frommen ehrlichen Mann vor, vom Scheitel bis zur Sohle, dachte Konstantin spöttisch. Schnell schob er den „Wir helfen Dir bald"-Zettel unter dem Türschlitz hindurch. Dann klopfte er. Es wurde sofort zurückgeklopft. Als ob sie hinter der Türe gestanden hätte. Die arme Frau! Konstantin sprang zwei Treppen auf einmal nehmend zu seiner Wohnung hoch. Dort dachte er über alles nach.

Damit die unbekannte Frau Vertrauen zu ihnen aufbauen konnte, standen Irina und Konstantin abwechselnd mittags kurze Zeit unter dem Küchenfenster. Sie winkten ihr unauffällig zu. Sie schnipste noch einen Zettel hinunter, dass sie mit allem einverstanden sei und schrieb ihren Namen dazu, Maria Lovda.

Die Verschworenen besprachen sich eingehend. Sie aßen mittags zusammen. Boris erzählte von einem Freund, der ihm einen Bund Dietriche vermacht habe. „Vielleicht kannst Du die mal gebrauchen", hatte ihm der Freund zum Abschied lachend zugeflüstert.

Konstantin beobachtete Lehmann die ganze Woche über. Pünktlich um 8 Uhr 30 verließ dieser das Haus Richtung Straßenbahnhaltestelle. Früher war es Konstantin schon einmal aufgefallen, dass Lehmann immer mittwochs um 8 Uhr 30 mit dem Auto wegfuhr. Offenbar hatte er diese Gewohnheit beibehalten. Erst um 22 Uhr kam er zurück. Am Wochenende dachte Konstantin an die arme Maria. Sie musste zwei ganze Tage mit diesem Narren verbringen und leiden.

Heute war endlich Montag. Am Mittwoch mussten sie Maria befreien! Sie besprachen den Ablauf nochmals ganz genau. Also übermorgen. Im äußersten Falle würde der Lehmann einen Kinnhaken bekommen, falls er wider Erwarten auftauchen sollte. Die Gefährlichkeit ihres Vorhabens wurde ihnen plötzlich bewusst.

Irina würde erst einmal mit Maria in Konstantins Wohnung gehen. Konstantin sollte an seiner Wohnungstür die Dietriche ausprobieren. Mit einem konnte er tatsächlich schnell und geräuschlos aufschließen.

Am Mittwoch ging Lehmann wieder um 8 Uhr 30 in die Garage. Konstantin folgte ihm mit dem Mülleimer. Er wartete klopfenden Herzens, bis der Lehmann weggefahren war. Aufgeregt sprintete er die Treppen hoch.

Irina und Boris standen vor Lehmanns Wohnung. Es war kurz vor 9 Uhr. Konstantin war etwas fahrig, als er den Dietrich ins Türschloss steckte. Erst knarrte es, dann ging es nicht mehr weiter. Doch als er dagegen drückte, sprang die Türe auf. Sie hielten den Atem an und wagten erst auszuatmen, als sie Maria sahen. Eine junge Frau in altmodischer Kleidung, langem dunklem Rock und weißer Bluse, mit Kopftuch, bleich und ernst. In der Hand hielt sie einen alten schäbigen Koffer. Tränen liefen ihr über das Gesicht. Schluchzend warf sie sich in Irinas Arme, die beruhigend auf sie einsprach. In ihrer Aufregung redete sie Deutsch und Russisch durcheinander. Konstantin lief nervös von einem Treppenabsatz zum anderen. In der unteren Etage rannte jemand mit harten Schuhen die Treppe hinunter.

Sein Herz klopfte, er schwitzte. Mit feuchten Händen schloss er Lehmanns Wohnung ab. Gott sei Dank! Niemand hatte sie gesehen.

In Konstantins Wohnung zitterte Maria so heftig, als hätte sie Schüttelfrost. Sie sollte sich erst einmal hinlegen. Irina legte die Kleidung, die sie für Maria ausgesucht hatte, über den Stuhl. Eine enge gelbe Hose und eine schwarze Lederjacke. Das Kopftuch wurde gegen eine schwarze Schirmmütze getauscht. Weiße Turnschuhe. Die große Sonnenbrille konnte das halbe Gesicht verdecken. Lehmann würde sie in diesem modernen Outfit nicht erkennen. Der Koffer blieb vorerst bei Konstantin.

Maria schlief erschöpft ein.

Boris und Irina verabschiedeten sich leise. Gegen Mittag wollte Konstantin Maria zu ihnen in den Laden bringen. Sie konnte dort vorläufig im Nebenzimmer wohnen.

Maria erzählte, dass sie Lehmann während eines Urlaubs am Schwarzen Meer begegnet sei. Sie sprach ganz gut Russisch und er auch so viel, dass man sich unterhalten konnte. Sie waren im gleichen Hotel und saßen am gleichen Tisch beim Frühstück. Sie kamen ins Gespräch. Täglich erzählten sie sich etwas mehr von ihrer Lebenssituation. Vor der Wende hätte er mit seiner Mutter in der ehemaligen DDR gelebt. Maria suchte Arbeit in Deutschland und Lehmann sprach von seiner kranken alten Mutter, die Hilfe bräuchte. Er zeigte sogar ein Foto von ihr. Beiläufig fragte er, ob sie eventuell seine Mutter pflegen würde. Tausend Euro mit Zimmer und Verpflegung. Sehr viel Geld für Maria!

Bei ihrer Ankunft war die Mutter nicht da. Er redete belangloses Zeug und zeigte ihr das Zimmer, das sie bewohnen sollte. Er schloss die Wohnung ab! Wie sich herausstellte, war die Mutter vor sechs Jahren gestorben. Maria musste ihm den Haushalt machen und durfte sich nicht sehen lassen. Er zwang sie, die Kleider seiner Mutter zu tragen. Deren Schuhe, die zufällig in ihrer Größe waren, musste sie auch anziehen. Wenn sie sich bewegte, starrte er mit irrem Blick auf diese Schuhe. Er verwandelte sich in einen kleinen Jungen und nannte sie Mami. Abends musste sie ihn ins Bett bringen, zudecken und ihm über das Haar streicheln.

Er sperrte sie ein. Das Telefon war blockiert. Sie hatte immer wieder an der Türe gerüttelt und geklopft. Niemand hatte sie gehört. Sie gab die Hoffnung nicht auf. Da kam ihr die Idee mit den Papierchen. Endlich seien wir auf sie aufmerksam geworden. So viele Menschen im Haus und so viel Einsamkeit.

Konstantin ging dem Lehmann aus dem Weg so gut es ging. Ein paarmal sah er ihn von weitem. Er hatte sich sehr verändert. Alt und ungepflegt. Gebeugt schlich er den Weg entlang. Beinahe hätte er Mitleid empfunden. Aber dann dachte er an Maria und wurde wütend.

Maria fand die Adresse einer entfernten Verwandten in Hamburg heraus. Sie war dort willkommen.

Konstantin Sailer und Irina Petrow gingen gerne zusammen aus. Irina liebte klassische Musik und Kunst. Irina erzählte Konstantin bruchstückhaft von der großen Stadt Perm in Russland, ihrem Geburtsort und von ihrer Kindheit. Eine alte Stadt mit düsterer Vergangenheit, Verbannungsort, deutsches Kriegsgefangenenlager. Bis 1991 war Perm eine verbotene geschlossene Stadt wegen der Rüstungsbetriebe. Irina wurde erst 1993 geboren.

Perm war mittlerweile eine schöne moderne Stadt mit interessanten Bauten, großer Kultur, Oper, Ballett und Kunst. An den Wochenenden war sie mit den Eltern an den Stränden des Kama spazieren gegangen. Dort hatten sie so gut gelebt, bis ihre Mutter starb.

Am Mittwochabend gingen Irina und Konstantin in ein Konzert. Die Veranstaltung fand in einem lang gezogenen Bau an der Lörracher Straße statt. Beseelt von Schumanns Klavierkonzert a Moll Opus 54 und dem hervorragenden Interpreten, traten sie Hände haltend auf die Straße. Daneben war ein großes weißes Haus. Auffallend waren die rot leuchtenden Herzen am Dach und an den Wänden. „Wer mag denn so etwas?", sagten beide gleichzeitig. Sie schauten sich verwundert an, plötzlich verstehend prusteten sie los. Ein Mann trat auf den hell erleuchteten Gehweg hinaus. Er zerrte an seiner Kleidung herum. Die Anzugjacke zuknöpfend, kam er ihnen entgegen. Er stolperte leicht über die herabhängenden Schnürsenkel. Eine Alkoholfahne streifte sie.

Es war der biedere Herr Lehmann.

Der Macho

Stephanie Nykl

Wir wohnen hier im Hochparterr´,
Balkon nach West, was will man mehr.
Abendsonne auf meinem Bauch,
als ich ins Land der Träume tauch.
Der Schlüssel dreht sich in der Tür.
Karin kommt heim, um kurz nach vier.

Und ich weiß,
ohne Scheiß.
Diese Tussi steht auf mich.
Ich bin unwiderstehlich.

Karin schafft die Kohle ran,
weil sie das so super kann.
Und ich geb` gern einen aus,
denn ich bin der Mann im Haus.

Hin und wieder muss es sein,
daß ich lad die Mieze ein.
Wie da wohnt im selben Haus,
denn die schaut so niedlich aus.

Und ich weiß,
ohne Scheiß.
Alle Tussis steh´n auf mich.
Ich bin unwiderstehlich.

Karin macht das Abendbrot.
Ich blick auf das Abendrot.

Dann muss sie die Wohnung putzen,
denn die tu ich als verschmutzen.
Da verlass ich dann das Haus.
Treff im Park ne süsse Maus.

Und ich weiß,
ohne Scheiß.
Alle Tussis steh´n auf mich.
Ich bin unwiderstehlich.

Ist die Hausarbeit getan,
Macht Karin die Klotze an.
Schmusend schließen wir den Tag.
Oh - wie ich dies Leben mag.

Nachts dreh ich noch eine Runde.
Karin schläft seit einer Stunde.
Denn ich kann tag´s ja auch mal ruh´n,
wenn sie muss für ihr Geld was tun.

Ach was kann es Schön´res geben?
Ich lieb dieses Katerleben.

Und ich weiss,
ohne Scheiss.
Diese Tussi steht auf mich.
Ich bin unwiderstehlich.

Der Freund und Helfer

Sabine Lauffer

Tobias saß zusammengekauert auf dem kalten Flurboden vor seiner Wohnungstüre im 5. Stock und traute sich nicht hineinzugehen. Er hatte seinen Kopf auf die Knie gelegt und schluchzte vor sich hin. Einmal nur hatte er richtig cool sein wollen, ein einziges Mal, und dann war alles schief gegangen. Seine Schwester würde nie mehr mit ihm sprechen und von seinen Eltern konnte er auch keine Unterstützung erwarten. Wie konnte er nur so blöd sein!

Nur zwei Meter von ihm entfernt öffnete sich die Aufzugstüre und schloss sich wenig später wieder mit einem kurzen Knall. Er hörte jemanden näher kommen, bis die Geräusche der Schritte neben ihm verstummten. Der Junge blickte kurz auf und erkannte seinen Nachbarn, der gerade nach Hause kam. Er beobachte, wie dieser seinen Schlüssel aus der Hose zog, seine Wohnungstüre öffnete und verschwand. Tobias war wieder alleine, lehnte seinen Kopf an die Wand und schloss die Augen.

Er fühlte sich so trostlos wie das in Schlammgrau gestrichene, schäbige Treppenhaus, in dem es neben diversen Essensgerüchen auch immer den Gestank nach kaltem Rauch gab. Rauchen im Treppenhaus war strengstens verboten aber die Leute aus Marcels Clique scherten sich einen Dreck darum. Denen war es egal, was der

Hausmeister für Regeln aufstellte, sie lachten ihn lieber aus, daher hatte der aufgegeben, etwas zu sagen, wie viele andere auch.

Tobias hatte über seine Situation nachgedacht und fand, dass sie ziemlich aussichtslos war. Weglaufen kam nicht in Frage. Wo sollte er, ein 8-jähriger Junge, schon hin? Die Polizei war auch keine Lösung. Marcel würde sich dafür rächen, so viel war sicher, und außerdem würde er dann seiner Schwester alles erzählen müssen. Tobias kam es so vor, als würde er den Rest seines Lebens im Flur verbringen müssen. Da hörte er, wie die Türe der Nachbarwohnung geöffnet wurde und als er seine Augen aufschlug, erblickte er eine Hand, die ihm eine Flasche Cola entgegenstreckte.

„Möchtest du?", fragte der Nachbar. Tobias nickte, nahm ihm die Cola aus der Hand und trank einige Schlucke. Das tat gut. Er wurde etwas ruhiger.

Der Nachbar ließ sich neben ihm auf den Boden sinken. Sie schwiegen eine Weile. „Ich heiße Benjamin", unterbrach dieser die Stille. „Tobias", murmelte der Junge und nahm noch einen Schluck Cola. Er hatte nicht gemerkt, wie durstig er geworden war.

„Hast du dir weh getan?", fragte Benjamin.

„Nee, das ist es nicht", schniefte Tobias. „Mir kann sowieso keiner helfen. Gegen Marcel hat keiner eine Chance." Er drehte nervös die Flasche in seinen Händen hin und her.

70

„Fang einfach mal an, manchmal hilft reden, damit man alles klarer sieht", ermunterte Benjamin ihn.

„Wenn du meinst, vielleicht. Weißt du, ich bin nicht so gut im Kicken, also genauer gesagt ein ziemlicher Loser. Meine Freunde spielen aber jeden Tag auf dem Bolzplatz unten, und dann lassen sie mich halt nicht mitspielen und dann sitz ich immer nur rum." Tobias machte eine Pause und zog die Nase geräuschvoll nach oben.

„Und heute, als ich gesehen habe, dass meine Schwester schläft, habe ich ihr Smartphone aus der Hosentasche genommen, ich wollte es nur ganz kurz ausleihen, ehrlich. Aber sie hat so ein krasses Spiel drauf und ich dachte, wenn ich damit auf dem Bolzplatz aufkreuze, finden mich auch mal alle cool." Tobias machte eine Pause und trank noch einen Schluck.

„Blöderweise waren meine Freunde noch nicht da,, fuhr er fort. „da habe ich mich auf eine Bank gesetzt und ein bisschen mit dem Handy gezockt. Aber dann kam Marcel mit seiner Clique. Ich wollte schnell wegrennen, aber da ich nicht so schnell bin, haben sie mich erwischt und mir das Handy abgenommen." Tobias begann wieder zu schluchzen.

„Und deine Schwester hat nichts gemerkt?"

„Noch nicht. Die hat geschlafen, als ich vor einer halben Stunde runter bin. Aber lange schläft die bestimmt nicht mehr."

Im Hintergrund hörte man den Aufzug rumpeln und die Aufzugstüre wurde schwungvoll aufgestoßen. Als erstes konnte man den Zigarettenrauch riechen und dann hören, wie zwei Turnschuhträger den kurzen Weg vom Aufzug zu Tobias gingen. Ein weiterer war neben dem Aufzug stehen geblieben und hielt die Türe offen. Als Tobias erkannte, wer da vor ihm stand, hätte er sich am liebsten unsichtbar gemacht. Es war Marcel mit seinen Kumpels, die da soeben den Flur vor Tobias' Wohnung betraten. „He Weichei", begann Marcel das Gespräch, „ich hab da was, was dich interessieren könnte."

Tobias zitterte und konnte vor Aufregung und Angst nicht sprechen.

„Du sorgst dafür, dass deine Schwester in zehn Minuten beim Mülltonnenhaus auftaucht und ich überlege mir dann, ob ich dir das Handy zurückgebe. Falls sie nicht aufkreuzt, siehst du dein Spielzeug nie wieder, kapiert?"

Marcel erwartete keine Antwort, drehte sich um und verschwand mit seinen beiden Bodyguards in dem wartenden Aufzug.

„Oh nein!", stöhnte Tobias. „Wie soll ich das denn schaffen? Meine Schwester kann den Typen überhaupt nicht ausstehen, und der will ein Date mit ihr. Wie kriege ich die in zehn Minuten dorthin?"

„War das Marcel?". Tobias nickte. „Den kenn ich", sagte Benjamin. „Warte mal, ich hab da eine Idee, wie wir es vielleicht ohne deine Schwester schaffen, das Smartphone zurückzubekommen. Ich muss nur noch schnell etwas aus meiner Wohnung holen und dann besuche ich unseren Freund mal bei den Mülltonnen."

Tobias glaubte sich verhört zu haben. Keiner aus dem Haus würde es wagen, sich mit Marcel und seinen Kumpels anzulegen. „Aber, das geht nicht", wandte er besorgt ein, „Marcel wird dich fertig machen, der ist bestimmt viel stärker als du."

„Das werden wir ja sehen, lass mich mal machen", gab Benjamin zurück. Er stand auf, ging in seine Wohnung und rief Tobias wenige Minuten später zu: „Du wartest hier, bis ich zurück bin" und eilte federnden Schrittes die Treppen hinunter.

Als Benjamin zum Mülltonnenhaus kam, lehnte Marcel entspannt an der Hauswand, im rechten Mundwinkel hing eine Zigarette, schwarze dicke Kopfhörer verdeckten seine Ohren. Einer seiner Kumpels war mit seinem Handy beschäftigt, der andere hatte Benjamin bemerkt und boxte Marcel in den linken Oberarm. Marcel spuckte vor sich auf den Boden und ohne die Kopfhörer abzunehmen zischte er: „Verschwinde, und zwar schnell, sonst kann ich für deine Sicherheit nicht garantieren." Kaum hatte er dies ausgesprochen, bauten sich seine Bodyguards breitbeinig vor Benjamin auf und blickten ihn grimmig an.

„Deine Kumpels sollen sich mal verziehen, oder willst du, dass ich unser Geheimnis über dein

Schulsozialpraktikum mit anderen teile?", rief Benjamin, damit Marcel ihn hören konnte. Dieser nahm betont langsam die Kopfhörer von den Ohren und schnauzte zurück: „Sag das nochmal."

„Hast wohl Angst ohne deine Gorillas?", entgegnete Benjamin.

Marcel deutete seinen Kumpels mit einer Kopfbewegung an zu verschwinden und untermauerte seine Geste mit einem „Mit dem werde ich auch alleine fertig, in fünf Minuten seid ihr wieder zurück!"

„Was willst du?", fuhr er Benjamin mit schroffer Stimme an, nahm dabei die Zigarette aus dem Mund und warf sie auf den Boden.

„Ich will, dass du mir das Handy von dem Jungen gibst, und zwar schnell, ansonsten wissen in wenigen Sekunden alle deine Facebookfreunde, was für ein lieber, fürsorglicher Kerl du bist, und das würde deinem Image hier im Viertel ordentlich Schaden zufügen."

„Du kannst mir nicht drohen, wie willst du das denn anstellen?", entgegnete Marcel gelassen und ging einige Schritte auf Benjamin zu.

Benjamin zog sein Handy aus der Hosentasche, tippte und scrollte kurz darauf herum und zeigte Marcel ein Foto, auf dem er von kleinen Kindern umringt war, zwei der Kinder turnten auf seinem Rücken herum und eines versuchte ihn mit einer Karotte zu füttern.

„Dummerweise gehöre ich seit deinem Praktikum bei uns in der Kita zu deinen Facebookfreunden", grinste Benjamin. „Ich zähle jetzt bis drei und, wenn bis dahin das Handy von Tobias nicht in meiner linken Hand liegt, werde ich mit meiner rechten das Foto posten. Eins, zwei, ..." begann Benjamin. Bis drei kam er nicht. Marcel hielt fluchend das gewünschte Handy in der Hand. „Du Vollidiot lösch sofort das Foto!"

„Erst will ich das Handy." Benjamin griff mit der linken Hand danach und ließ es in seiner Hosentasche verschwinden. Er löschte das Foto und rief, als er sich bereits umdrehte: „Zur Sicherheit habe ich noch mehr Fotos auf meinem Computer gespeichert, also lass den Jungen in Zukunft in Ruhe!"

Wenige Minuten später setzte er sich triumphierend neben Tobias, der noch immer auf dem Flurboden saß, und reichte ihm das Handy seiner Schwester. „He Alter, wie hast du denn das geschafft? Wie cool ist das denn!" Tobias strahlte seinen Helfer an und wusste gar nicht, was er sagen sollte. „Das ist jetzt mein Geheimnis, und damit dir das nicht wieder passiert, gehst du ab nächster Woche zum Fußballtraining. Und ich will jetzt keine Ausreden hören. Dann kannst du in Zukunft mit deinen Fußballkünsten punkten und nicht mit so blöden Computerspielen, okay?"

Tobias nickte, „Danke!", sagte er und grinste.

Abitreffen

Ellen Göppl

[Ein Dialog mit Subtext]

Zwanzigjähriges Abitreffen, gefeiert wird im Kagan, mit Blick über Freiburg. Der exklusive Club liegt im 18. Stock des Solar Tower am Hauptbahnhof. Der Abend ist schon recht weit fortgeschritten. Es läuft Brazilian Lounge Music, einige tanzen, andere unterhalten sich angeregt. Sebastian, selbstständiger Fotograf, stellt sich zu Jörg, IT-Berater, und beginnt eine Unterhaltung. Vor über 20 Jahren haben die beiden um dieselbe Frau gebuhlt. Sebastian war damals für kurze Zeit mit ihr zusammen, Jörg ist heute mit ihr verheiratet.

Sebastian: Na Jörg, wie geht's denn deiner Familie?

[Mal hören, was aus Katja geworden ist!]

Jörg: Uns geht's prima, wir sind ja seit Kurzem zu viert.

[Glaub bloß nicht, zwischen Katja und mir läuft nichts mehr!]

Sebastian: Herzlichen Glückwunsch! Aber ist das für Katja nicht auch ganz schön stressig?

[Mit mir hätte sie's bestimmt leichter, weil ich mir meine Arbeit frei einteilen kann.]

Jörg: Also im Moment jedenfalls nicht, ich mache gerade zwei Monate Elternzeit.

[Du denkst, ich wäre ein konservativer Karrieretyp, aber Katja und ich führen eine gleichberechtigte Ehe!]

Sebastian: Ach, das geht bei deiner Firma? Wobei zwei Monate ja nicht gerade viel sind. Bleibt Katja denn ein ganzes Jahr zuhause?

[Klar, die zwei Vätermonate – und jetzt denkt er, ihre Ehe wäre gleichberechtigt ...]

Jörg: Nein, Katja wird nach einem halben Jahr wieder mit 75 Prozent einsteigen, genau wie nach der Geburt von Mia.

[Katja ist doch nicht so 'ne Glucke, die ihre Karriere aufgibt, nur weil sie Kinder hat.]

Sebastian: Sieh mal einer an, unsere Katja! Ehrgeizig wie eh und je!

[Ach, so sind die drauf. Die Kinder schnell fremdbetreuen lassen, damit der Lifestyle stimmt.]

Jörg: Was macht denn deine Frau nochmal?

[Jetzt bin ich aber gespannt!]

Sebastian: Britta arbeitet halbtags in einem Einrichtungsladen. Das klappt ganz gut, weil ich mir meine Arbeitszeiten ja legen kann, wie ich will.

[Ha, und Ihr nicht!]

Jörg: Hatte sie nicht Bio studiert?

[Schon wieder eine Akademikerin, die in der Versenkung verschwindet, sobald sie Kinder hat.]

Sebastian: Ja, aber in Vollzeit im Labor zu stehen, ist ihr zu stressig mit drei Kindern.

[Es ist halt nicht jede so egoistisch wie Katja.]

Jörg: Naja, muss ja jeder selber wissen, wie es für einen am besten passt.

[Schachmatt.]

Das Spiel

Uta Neumann

Im Hochhaus - Wohnung 15, 3 Stock, Flur links

Ein Mädchen, 9 Jahre alt, schließt die Wohnung auf.

Es ist allein heute Nachmittag.

Es geht zu seinem Puppenhaus, legt die kleine Puppe in das Kinderbett in der Puppenstube und lässt den kleinen Puppenstubenhund mit Kunstfell durch die Puppenstube hüpfen. Der Hund sucht das Puppenkind.

Er will es beißen.

Das Puppenkind hat sich unter der kleinen Decke versteckt.

Es ist allein zu Haus und tut so, als sei es eingeschlafen.

Der Puppenvater kommt und zieht sich Hose und Schuhe aus. Der Puppenvater denkt, die Puppenmutter liegt im Kinderbett.

Der Puppenvater legt sich dazu. Er streichelt das Puppenkind, das schläft.

Der Hund hat das Bett gefunden und beißt das Puppenkind in den Oberschenkel.

Das Puppenkind wacht auf und schreit nach der Puppenmutter.

Die Puppenmutter ist weg.

Das spielende Mädchen hält kurz inne.

Dann nimmt es eine kleine Schale aus dem Schrank und geht auf den Balkon vor dem Zimmer und füllt schwarze Erde aus dem Blumenkasten in die Schale.

Damit geht es zu seinem Puppenhaus und schüttet die Erde über das Bett, in dem Puppenvater und Puppenkind liegen.

Dem Hund bricht es ein Bein ab. Jetzt hat er nur noch zwei.

Ihn legt das Mädchen oben auf das Dach. Es nimmt eine Kerze und zündet sie an.

Bald stinkt es nach verbranntem Plastik und Kunstfell.

Nachts um halb zwölf bei den Tonnen

Corinna Fronc

Für Peggy

Ich laufe zum zwanzigsten Mal um die Tonnen. Um die braunen, die schwarzen, die grünen. Wo bleiben denn die anderen? Es ist stockdunkel. Bis auf das leise Rauschen der Baumwipfel im Park ist nichts zu hören. Ich wage mich ein Stück unter der Überdachung hervor, als ein einzelner Regentropfen urplötzlich vom Himmel fällt und mich fast erschlägt. Erschrocken ziehe ich mich wieder zurück.

Endlich, ein zartes Trippeln auf dem Beton - für menschliche Ohren nicht hörbar - sie kommen!

Mein Name ist Till und ich werde unser heutiges Manöver anleiten. Heute bin ich der Meister, der Vorgesetzte, der Chef, der Boss. Und das ist nicht einfach, denn bei unserer Aktion geht es um Strategie, Schnelligkeit und Effektivität. Und immer auch um Leben und Tod!

„Hey! Hi Greg, hi Jill, Falk, Nils, Fynn. Habt ihr durchgezählt?"

Okay, die Gruppe aus dem Waschraum ist vollzählig. Gruppe Lüftungsschacht und Kühltruhe sind auch da. Da kommt ja auch Peggy mit ihrer Bande. Mein Blick fällt auf ihren Rücken.

„Oh Peggy, hast du die Kleinen wieder dabei? Ist das nicht zu gefährlich? Da kommen ja auch die anderen - aus dem Erdgeschoss... Wer fehlt noch?"

Dreihundertundsiebenundzwanzig aufgeregte, mehr oder weniger kleine, schwarze Gestalten machen sich bereit. Sie sind in Aufbruchstimmung, haben Hunger und sind ungeduldig. Zu ungeduldig, noch länger zu warten. Aber sie warten trotzdem. Auf mein Kommando!

„Na? Was ist, Till? Können wir los?"

„Nein, geht nicht, Charlie fehlt noch." Charlie müsste längst hier sein, er wollte die Lage auskundschaften.

„Ach der blöde Ami", Peggy macht eine abfällige Bewegung mit ihren Fühlern, „nur weil er fliegen kann, denkt er, er sei was Besseres!"„Ja, aber für uns ist das sehr hilfreich, Peggy. Du weißt doch, dass ein Lauschangriff aus der Luft ungefährlicher ist als vom Boden. Psst! Ruhe! Ich glaube, er kommt."

„Hi!" Das langgestreckte „Hi" beweist, dass Charlie sich seiner wichtigen Position durchaus bewusst ist. Er wartet, bis alle ganz ruhig sind, dann berichtet er in seinem charmanten Südstaatenakzent:

„Stockwerk zwei bis sieben alles dunkel. Stockwerk acht nur die alte Frau mit die Schlafprobleme, Erdgeschoss noch der Säufer mit Bierflasche und in der neun noch eine Party ganz hinten."

„Oh nein! Party, scheiße! Ihr wisst, was das bedeutet, Leute. Das bedeutet erhöhte Wachsamkeit. Bei Partys gehen Menschen öfter nach draußen, zum

Rauchen oder Kotzen oder so!" Ich bin beunruhigt. „Kotze schmeckt aber gut." Ein Stimmchen erhebt sich aus dem Hintergrund. Es ist der vorlaute Theo.

„Lass deine unqualifizierten Bemerkungen, Junge!" Der Kleine bringt mich aus dem Konzept. Ich muss die Situation unter Kontrolle halten.

„So. Nochmal die Regeln … ." Bei diesen Worten schauen einige meiner Artgenossen zu Boden. Wir schauen ja meist zu Boden, aber die da schauen gelangweilt.

„Regel Nummer eins - Peggy?"

Peggy rückt eifrig ihre Flügel zurecht, unter denen sich ihre Jungen befinden.

„Wir arbeiten zielgerichtet und sind nicht wählerisch bei der Nahrungsaufnahme."

„Gut, Peggy. Regel Nummer zwei, Theo?"

„Äh, wir sind aufmerksam und ziehen uns bei Gefahr sofort zurück."

„Regel Nummer drei, Charlie?"

„Wir lassen die Menschen in Ruhe schlafen. Keine Fingernägel, Kopfschuppen, Schweiß, et cetera, et cetera."

„Okay, hast du gehört, Rhino? Das gilt auch für dich."

Die riesige Rhinozerosschabe hebt schwerfällig den Kopf. Durch ein Versehen war sie diesen Sommer mit Touristen aus Australien eingereist.

„Aber fressen, fressen, ja! Zuerst das Braune. Gutes Fleisch, gutes braunes Fleisch, gutes."

„Ist gut, Rhino." Den Dicken muss ich im Auge behalten, er macht zwar keinen bösartigen Eindruck, ist aber unglaublich stark. Er könnte mich sofort außer Gefecht setzen und mir meine wichtige Position als Chef streitig machen.

„So! Stellt euch auf! Kein Gequatsche jetzt. Wir fangen von oben an. Wir lassen die neun aus, zu gefährlich. Wir nehmen den Schacht. Achtung, fertig, los!"

„Hey, los, los, schneller, dunkel ist's, dunkel, auf, los geht's, wo sind die andern? Scheiße, au, pass auf, du Trottel, schubs doch nicht so. Hey, Jungs, Mädels, nicht drängeln, es ist genug für alle da. Vorsicht, meine Kleinen! Seid doch nicht so rücksichtslos!" Warum müssen Schaben beim Rennen immer so viel quatschen, frage ich mich. Es ist kein Problem für uns, einen Menschen bei schneller Schrittgeschwindigkeit einzuholen, aber muss man bei dieser Geschwindigkeit auch noch ununterbrochen labern?

Oben ist es ganz ruhig. Hier in Stockwerk acht ist oft nichts Besonderes zu finden. In den meisten Wohnungen leben Menschen, die eher spießig sind. Sie räumen ihr Essen nachts in den Kühlschrank. Es riecht unangenehm nach Putzmittel und der Boden ist frisch gewischt.

Hier sind wir schnell durch.

„Los, weg hier, wir gehen eins nach unten. Sind die Studenten ausgeflogen, Charlie?"

Charlie reckt sich ein wenig. „Alle Studenten weg, auf einer Goa Party, einer war zu müde, der schläft jetzt im Zimmer vorne links. Vor dem Einschlafen hat er noch mit seiner Mom telefoniert … "

„Keine Details, Charlie, die wichtigsten Infos genügen vollkommen, also runter zur … "

„Was ist eine Goa Party?"

Die Frage kommt von Theo und ist an mich gerichtet. Goa Party, nie gehört. Scheiße! Ich weiß es nicht.

„Eine Goa Party ist …, ähem, eine Party, auf der es laut wird", sage ich schnell, denn auf Partys wird's ja meistens laut und was Besseres fällt mir gerade nicht ein.

„Los jetzt, in die sieben …"

Ein Stockwerk tiefer wird mir wohler. Allein der Geruch deutet an, dass das Essen hier reichhaltiger und besser wird. Es riecht ein bisschen nach Klostein, Pommes und Burgern.

Rhino kommt in Fahrt: „Fett! Altes Fett, braunes gutes Fleisch, Fressen, viel Fressen!" „Ja, ja, Rhino!" Der Dicke ist mir echt unheimlich. Er hat was von einem Fleischklops auf Beinen.

Wow! Aber er hat Recht. Endlich mal genug zu fressen!

„Weg da, Jungs, Frauen und Kinder zuerst!"

Peggy schaut mich dankbar an und begibt sich an die vorderste Front. Die Kleinen haben noch keinen festen Panzer und sind unter ihren Flügeln sicher geborgen.

Wir fressen uns systematisch durch alle Stockwerke und landen zum Schluss im Erdgeschoss. Wie immer freuen wir uns auf Wohnung Nummer zwei, unser Sahnehäubchen!

„Alle vollzählig?" Ich schaue durch die Runde.

„Okay, dann gehen wir in die Zwei!" Alle jubeln und reden wild durcheinander. Ich erhebe meine Stimme. „Ruhe! Macht nicht so einen Krach! Konzentriert euch, sammeln!"

Die Zwei ist das Schlaraffenland. Wie immer müssen wir zuerst über einen Berg Zeitungen krabbeln, um zur Nahrungsquelle zu gelangen, aber wir sind ja tolle Kletterer. Leere Bierflaschen liegen auf dem Boden, überquellende Aschenbecher auf dem Wohnzimmertisch, es riecht nach kaltem Rauch, Schimmel, Müll … ein Paradies für unsere Spezies. Das Abendessen von heute und, wie es aussieht, auch ein paar Mahlzeiten der vergangenen Tage, liegen einladend vor uns. Wir erfreuen uns einige Sekunden an dieser Pracht, dann geht's los. Wir fressen, fressen und fressen. Fleisch, Wurst, Käse, Schokolade, Hundefutter, faules Obst, und, und, und … Wir fressen, bis wir beinahe platzen und ich will gerade das Kommando zum Rückzug geben, da passiert es: Rhino stößt einen wilden Schrei aus.

Da wir prinzipiell sehr sozial veranlagt sind, hören wir bis auf wenige Ausnahmen auf zu fressen und schauen, was der Dicke will. Er hockt wie angewurzelt vor einem gläsernen Kasten, der auf dem Boden dicht am Fenster steht und starrt gebannt hinein.

Was zum Teufel … ? Wenn ich nicht genau wüsste, dass Kakerlaken nicht weinen können, würde ich schwören, dass der Dicke soeben eine Träne abgedrückt hat. Wir sammeln uns um den Kasten. Und als wir hineinblicken, sind wir alle geschockt. Hinter der Glaswand schaut uns Rhino II an, etwas schlanker zwar, doch sonst könnte es sein Zwilling sein.

Peggy spricht als Erste: „Das ist auch eine australische Schabe, wie Rhino. Wir müssen sie befreien."

Jetzt krieg ich richtig Muffensausen. „Befreien? Wie stellst du dir das vor? Bin ich Schwarzenegger, dass ich den Kasten umwerfen kann?"

„Was ist Schwarzenegger?" Das ist unverkennbar die Stimme von Theo.

Dieses Mal kommt mir Charlie zu Hilfe: „So was wie Rhino als Mensch. Wohnt in Kalifornien."

Ich habe keine Ahnung, was ich tun soll. Und doch - der verzweifelte Blick von Rhino lässt mich nicht kalt...

„Vielleicht schaffen wir es alle zusammen?", höre ich mich sagen. „Wir sind schließlich um die dreihundert. Gemeinsam könnten wir versuchen, den Deckel hoch zu stemmen." „Ja, den Deckel!", ruft Theo begeistert und da wir auch die Eigenschaft besitzen, hervorragend auf glatten Flächen zu klettern, sind gleich mal fünfzig bis hundert oben.

Sind sie nicht ein wunderbares Volk? So hilfsbereit und mutig. Ich schaue stolz auf meine Kameraden. Doch dann schüttele ich den Kopf. Sie sind ja alle ganz sympathisch, aber dermaßen schlecht organisiert. Sie versuchen nämlich gerade, von allen Richtungen den Deckel zu heben und bremsen sich dadurch gegenseitig aus. Ich als Chef bin also wieder gefragt.

„Hört mal, Leute! Wir stemmen uns mit aller Kraft gegen den Deckel, aber nur von einer Seite."

Und tatsächlich! Der Deckel hebt sich ein wenig, senkt sich jedoch gleich wieder.

„Nochmal! Los, wir schaffen das! Alle zusammen!"

Der Deckel hebt sich ein wenig höher, aber wir bemühen uns vergeblich. Ich schaue nach unten. Helfen auch tatsächlich alle mit? Und da sehe ich Rhino, der immer noch an derselben Stelle steht wie vorhin und mit traurigen Augen auf seinen Artgenossen starrt.

„Hey, Dicker", rufe ich, „würdest du dich mal nach oben bequemen und uns helfen? Du hast schließlich die meisten Muckis!"

Und als unser Schwarzenegger schließlich nach einer gefühlten halben Stunde oben angekommen ist und seinen schweren Panzer gegen den Deckel drückt, da fällt dieser endlich mit einem lauten Krach zu Boden.

Rhino II hat sofort verstanden und krabbelt von innen an der Glaswand hoch; sie macht einen schlaueren Eindruck als ihr Landsmann. Als heutiger Anführer will ich sie gerade in unserer Bande willkommen heißen, da geht plötzlich das Licht an und ein verschwitztes Individuum in Jogginghose, mit viel zu kurzem T-Shirt, aus dem die Wampe hervorschaut, steht in der Tür. Hinter ihm sein altes Hundeviech, das desinteressiert durch den Raum blickt und gähnt.

„Rückzug!", schreie ich und meine Kameraden schießen in alle Richtungen davon, um in Ritzen, Abflüssen oder sonstigen Löchern zu verschwinden. Ich spähe aus meinem Versteck hervor, um die Lage zu checken, da passiert es. Ich höre das Knirschen und weiß sofort, dass es einer nicht geschafft hat. Eine vielmehr.

Und der Mensch, der Peggy unter seinen hässlichen Hausschuhen begraben hat, weiß nicht, dass er gerade eine ganze Familie ausgelöscht hat.

Nachts um drei bei den Tonnen ist es still, sehr still. Denn wir sind nun mal ein soziales Volk. Es ist die Schweigeminute für Peggy. Doch ihr tragischer Tod ist auch unser aller Risiko und in diesem Sinne zerstreuen sich meine Genossen, um ihre Behausungen für die Nacht aufzusuchen. Alle, bis auf zwei. Nämlich Rhino und sein Zwilling. Die sitzen einfältig hinter den Tonnen und starren sich an.

Da landet plötzlich Charlie neben mir. „Macropanesthia rhinoceros", flüstert er mir zu, „genau wie Rhino. Hier ein ganz besonders schönes Exemplar. Ein Weibchen. Stell dir vor, die können zehn Jahre alt werden. Da bist du schon ein paar Jährchen nicht mehr unter uns!"

„Mach nen Abflug, Charlie", sage ich, dabei schaue ich gerührt auf die beiden Turtelschaben. Sind wir nicht ein wunderbares Volk?

Die Tante im fünften Stock

Ilse Reichinger

Schlurfende Schritte, dann stampfendes Getrampel. Ich drehte mich möglichst cool um, behielt das Gebüsch im Auge, nichts. Eines dieser blöden Spiele, Frauen zu erschrecken. Das hatte ich die Woche zuvor bereits mitgemacht. Es nieselte und die Dunkelheit kam zu früh. Ich hatte leider den Regenschirm vergessen. Damit hätte ich notfalls zuschlagen können. Als ich nochmals nach hinten schaute, sah ich einen Schatten ins Gebüsch huschen. Äste knackten, eine Elster keckerte aufgeschreckt. Ich ging schneller, eher wütend als ängstlich. Die Lampen verbreiteten nur kleine Lichtflecke. In der Nähe kickte jemand eine leere Blechdose herum. Die Dose scheppterte um Haaresbreite an meinem Bein vorbei. Jetzt war ich wirklich geladen. Ich fühlte nach meinem Handy in der Manteltasche. Es war erst 18 Uhr, dunkel, feucht und kalt. Auf dem sonst so viel begangenen Weg waren keine Menschen unterwegs. Fernsehzeit. Besonders sicher konnte man sich in dieser Gegend nicht fühlen. Vorige Woche hatte man einer älteren Frau die Handtasche aus der Hand gerissen und sie auf den Boden geschubst.

Wegen meines kurzen Haarschnitts hoffte ich, man würde mich von hinten für männlich halten. Jedoch der Gang und die Haltung verrieten mich wahrscheinlich als jung und weiblich. An der Biegung nach rechts, bei dem Weg in den Park, würde noch einmal eine dunkle Ecke kommen, links endlich der Kolpingplatz. Die erleuchteten Fenster im Hochhaus schimmerten durch die Baumkronen. Ich musste nur noch schnell über den

Platz laufen. Plötzlich trampelte jemand extra laut in dicken Stiefeln an mir vorbei. Er rempelte mich leicht an. „He, mal langsam", empörte ich mich. Ein Halbwüchsiger mit verdrehter Schirmmütze blieb stehen und grinste mir herausfordernd ins Gesicht. Dann ging er pfeifend weiter. Wie ich diese Gegend hasste!

Ich schaute nach oben. Im fünften Stock konnte ich das Küchenfenster der Wohnung meiner Tante sehen. Es brannte Licht. Aus vielen Fenstern blinkte der bläuliche Schein der Fernseher. Synchrone Vereinigung aller Nationen. Meine Tante wartete wahrscheinlich seit dem späten Nachmittag mit Kaffee und Kuchen auf mich. Jede Woche hoffte sie, dass ich früher käme. Sie hatte keine Vorstellung von der vielen Arbeit, die ich bewältigen musste.

Die abgeblätterte, schon angerostete Türe stand offen. Das Sicherheitsglas war eingedellt. Im Eingangsbereich fielen die bekritzelten Wände auf. Auch Sprayer hatten sich verewigt. Über den künstlerischen Wert ließe sich streiten. Auf dem Treppenabsatz lagen leere Zigarettenschachteln und eine Batterie ausgetrunkener Bierflaschen. Bratengeruch schlug mir entgegen.

Wer wohl hier wohnte? Einmal hatte ich einen alten Mann mit einer Einkaufstüte gesehen. Ich hatte ihn laut gegrüßt, aber er reagierte nicht. Umständlich hantierte er mit dem Schlüssel. Es passierte immer mal wieder Skurriles im Haus. Einzelne Vorfälle hatte mir die Tante erzählt.

Einmal rannten Frauen kreischend und schimpfend aus dem Aufzug im fünften Stockwerk. Die Tante spähte hinaus. Ein nackter Mann stand im Aufzug. Offenbar war er verwirrt und hatte den Aufzug mit dem Bad verwechselt.

Ein anderer Mann soll in einem weißen Arztkittel mit einem alten Stethoskop alle Wohnungstüren abgehört haben.

Zwischen Advent und Weihnachten zogen Kindergruppen durch das Haus, sangen unmelodisch umgedichtete Weihnachtslieder. „Mach hoch die Tür, gib Geld heraus." Dann klingelten sie ausdauernd. Die Tante stellte die Klingel ab.

Ganz zu schweigen von den Zeugen Jehovas und anderen Heilsbringern und fliegenden Händlern. Eine Concierge wäre sinnvoll.

Meine Tante liebte ihre Wohnung, sie war großzügig geschnitten und hell. Die großen Fenster im Wohnzimmer auf der Westseite verschafften ihr einen unglaublichen Panorama-Blick. Auf den kleinen Küchenbalkon an der Südseite traute sie sich jedoch nicht hinauszugehen. „Ich kann nicht mehr hinunterschauen, da wird mir schwarz vor den Augen." Ich schlug ihr scherzhaft vor, sich an der Türe anzuseilen.

„Guten Abend, gnädige Frau", sagte der Mann, der gerade aus dem Aufzug im Erdgeschoss kam. Er war gut aussehend, bestimmt schon Ende vierzig. Schwarze Hose, weißes Hemd, helles Jackett und eine schwarze Aktentasche. Eine gepflegte Erscheinung! Allerdings schien er es sehr eilig zu haben. Als ich mich noch einmal umdrehte, sah ich, dass sein Ärmel an der Schulter aufgerissen war. Das Futter hing heraus. Er eilte schnell nach draußen und verschwand. „Na, dann eben nicht", murmelte ich enttäuscht.

Ich wollte auf den Aufzug zugehen, als mir einfiel, wie es da drinnen aussehen und riechen könnte. Meist stank es nach Urin und anderem. Auch wusste man nie, wer zustieg. Zudringlichkeiten hatte es gegeben. Deshalb trug ich in meiner Manteltasche ein Pfefferspray und eine Trillerpfeife. Im Aufzug konnte das Spray einen selber treffen. Also nahm ich das andere Übel auf mich und ging die vielen Treppen zu Fuß.

Im zweiten Stock stand die Flurtüre einen Spalt offen. Ein Kind schrie erbarmungswürdig, dazwischen eine drohende Männerstimme, das jämmerliche Weinen einer Frau. Wie sollte man sich da verhalten?

Mit Unbehagen im Nacken lief ich hastig in das dritte Stockwerk.

Überall lag etwas herum, Gummibärchen, Papier, verfaultes Obst. Eine graue fettige Schicht über lädierten Fliesen. Es wurde offensichtlich selten geputzt.

Es war seltsam still. Ich blieb stehen. Aus der Wohnung rechts hörte ich ein Stöhnen, dann ein Gepolter, als wäre etwas umgefallen. Mein Gott! Ich rief: „Hallo, kann ich helfen?" Ich klopfte und rief nochmals: „Hallo!". Was sollte ich tun? Wen könnte man anrufen. Und wenn nichts war, alles nur Einbildung? Ich würde es mit der Tante besprechen.

Das vierte Stockwerk war hell erleuchtet. Die Wände und Türen neu gestrichen. Alles in Weiß. Sogar ein Ficus- Bäumchen stand da. Ordentliche Fußabstreifer. Ab hier wohnten die Guten, die Eigentümer.

Wenn es doch nur einen zweiten Aufzug gäbe, den man absperren könnte. Noch diesen einen Treppenabsatz und ich würde bei der Wohnung meiner Tante sein. Der Rucksack drückte. Jeden Freitag machte ich den Wocheneinkauf für meine Tante. Etwas Gemüse und Grundnahrungsmittel. Für Kleinigkeiten schickte sie manchmal einen Jungen, dem sie wohl vertraute. Er wohnte mit seinen Eltern auf der gleichen Etage gegenüber. Reinigungsmittel, Klorollen und so weiter kaufte Frau Kranz. Sie putzte alle zwei Wochen die Wohnung. Mit ihren 82 Jahren war meine Tante nur selten dazu zu bewegen, nach draußen zu gehen. Frische Luft brauchte sie nicht mehr. Sie genoss ihre Fernsicht. Ich blieb stehen, um zu verschnaufen.

Plötzlich stürzte, zwei Stufen auf einmal nehmend, ein junger Mann die Treppe herab, die Hand vor der Nase. „He", rief ich, „pass doch auf, Spinner!" Blutspritzer auf der Treppe. „Das schlimmste Irrenhaus hier drin!", brüllte ich. Das war doch der, der mich vorhin auf dem Weg angerempelt und so angeglotzt hatte. Ziemlich ängstlich schaute der jetzt aus der Wäsche, seltsam.

Die Türe zu der Wohnung meiner Tante stand offen. „Ist was passiert?", rief ich besorgt. „Tante, Tante, ist alles in Ordnung?" Ich warf den Rucksack auf den Boden. Geldscheine lagen im Flur. Der weiße, dicke

Vorhang zwischen Wohnzimmer und Flur war heruntergerissen. Die Katze sprang über die Sessel und versteckte sich unter dem Sofa.

Als erstes sah ich die Beine meiner Tante mit den hautfarbenen Kompressionsstrümpfen. Meine Tante lag neben dem Esstisch am Boden und hatte nur einen Schuh an. Die weiße Spitzentischdecke hing vom Tisch.

„Tante Rosa! Tante Rosa, was ist passiert?" Jetzt erst sah ich den Mann neben ihr knien. Er hielt ihr die Hand.

„Gleich kommt der Arzt", sagte er beruhigend. Es war der Nachbar.

„Susanne", schluchzte meine Tante.

Wie der Arzt feststellte, war meine Tante unverletzt. Sie hatte jedoch einen Schock. Mit zittriger Stimme erzählte sie die unglaubliche Geschichte, die ihr passiert war.

Am Morgen hatte sie mit ihrem Bankberater, Herrn Nübling, einen Termin vereinbart. Er wollte zwischen 17 und 18 Uhr bei ihr sein. Als es gegen 17 Uhr klingelte, drückte sie einfach nur auf den Öffner, ohne nachzusehen. Aber Herr Nübling war es nicht. Wie sich später herausstellte, hatte er den Termin auf den nächsten Tag verschoben und die Nachricht auf dem Anrufbeantworter hinterlassen.

Der halbwüchsige Sohn vom Nachbarn war aus dem Aufzug gekommen und hatte die offene Tür gesehen. Er klopfte an und rief nach meiner Tante. Da bekam er einen Boxhieb. Er wollte ihr helfen, wurde jedoch von dem Mann gegen die Tür geschleudert. Er rannte hinaus und klingelte bei seinen Eltern. Im Laufen rief er: „Schnell die Polizei anrufen, zur Frau Matuschek!" Er rannte, so schnell er konnte, die Treppe hinunter. Als die Nachbarn herauskamen, flüchtete der Dieb in den Aufzug. Es war der sympathische, gepflegte Mann, den ich gesehen hatte.

Jedenfalls hatte meine Tante sich mit dem Stock ihres verstorbenen Mannes couragiert zur Wehr gesetzt. Als er sich bückte und die Schublade herauszog, schlug sie mit dem Silberknauf auf seinen Rücken ein. Ja, den Schuh hätte sie auch noch nach ihm geworfen. Sie war gerade dabei gewesen, die Schuhe anzuziehen, als es klingelte.

Ich umarmte sie und wir weinten zusammen. „Ich bleib heute Nacht hier und morgen sehen wir weiter", sagte ich tröstend.

Plötzlich standen zwei Polizisten in der noch offenen Türe. Wir haben ihn schon erwischt, dank des mutigen jungen Mannes hier. Der Junge, den ich für einen Rüpel gehalten hatte, stand daneben. Das Nasenbluten hatte aufgehört.

Für immer

Uta Neumann

Es ist dunkel während ich gehe. Ich weiß, dass die Sonne scheint. Die Bäume stehen so eng, dass nur ab und zu etwas Helles wahrnehmbar ist. Jeder Schritt wird weich abgefedert von der Schicht Tannennadeln auf dem Boden.

Mir ist, als sei ich eingeschlossen in einer Welt, in der nur ich existiere, in der ich Töne von mir gebe, um zu hören, in der ich gehe, damit es Bewegung gibt. Eine Lücke zwischen den Bäumen tut sich auf.

Plötzlich Licht. Vor mir das Meer. Groß, grün, graublau. In der Mitte, dem Ufer zugewandt, schwimmt ein Boot. Ein Mädchen steht im Boot und winkt. Sie hat beide Arme gen Himmel gestreckt und kreuzt sie. Sie winkt mir zu. Ihre langen Haare glänzen im Licht. Ihre Ruder sind verloren. Ich muss sie retten.

Ich renne los und halbiere den Wald, während ich laufe, lasse alles rechts und links von mir, bis die Bäume einzeln werden und dann gar nicht mehr sind.

Abrupt hört der Weg auf. Unter mir eine steile Wand. Tief. Unüberwindbar. Ich sehe das Boot schwanken und schreie.

Ich wache auf.

Obwohl ich nur eine dünne Decke habe und nackt bin, bedeckt Schweiß meine Stirn, alles fühlt sich klebrig an, meine Zunge ist so schwer.

Auf dem Rückweg von der Küche, ich habe mir etwas zu trinken geholt, bleibe ich am Fenster meiner Zwei-Zimmer-Wohnung stehen und betrachte den Platz tief unter mir. Ich wohne im 6. Stock.

Unten ist ein kleiner Spielplatz mit Geräten aus rostigem Eisen, er soll bald abgerissen werden. Es ist Vollmond, ein Blick auf die Uhr, zwei Uhr nachts.

Ich konnte ihr damals nicht helfen. Meine Beine fühlten sich an wie Gummi, ohne Erdung, fast unfähig, das Gewicht meines Körpers zu tragen.

War joggen im Wald, als sie beim Rudern ertrank. Jeder hat mir bestätigt, dass ich nicht hätte helfen können. Das erste Mal Urlaub ohne die Eltern und dann kam ich allein zurück. Seitdem sind meine Eltern wie stumm. Das Leben wurde bei beiden weniger.

Seit einem halben Jahr wohne ich in diesem achtstöckigen Haus, habe einen Job als Buchhalterin bekommen.

„Ja, meine Heimatstadt ist weit weg, Familie, Freunde. Ich fange gerade an, neue zu finden, die Arbeit gefällt mir, ich finde die Stadt und die Gegend okay." Ich spreche vor mich hin, während ich von oben auf die Schaukel schaue, auf die Wippe, den Rundbogen aus Eisen, ein Klettergerüst. Das Mondlicht ist noch heller geworden. Es kommt mir vor, als sollte ich etwas sehen.

Unten auf der Schaukel bewegt sich etwas. Ich erkenne, jemand schaut hoch. In den Himmel? Ich schaue hinunter. *Immer nach unten in die Tiefe, in Abgründe, denke ich.*

Also versuche ich auch hoch zu schauen. Das geht noch nicht gut. Aber das ist der Sinn des Ganzen. In die Zukunft sehen. Meine Zukunft finden. Ich bin nicht schuld!

Ich lege mich ins Bett. Die Feuchtigkeit aus meinem Bett ist verflogen, ich sehne mich nach ihr, meiner Schwester, mit der ich ein Zimmer teilte, früher als Kind.

Sie war zwei Jahre jünger als ich und oft, wenn eine von uns es brauchte, schliefen wir gemeinsam im Bett. Sie hat sich an mich gekuschelt oder ich mich an sie, die Kleine. Sie roch immer so gut, nach frischem Heu und nach Pferd, weil sie sich gern im Pferdestall nebenan herumtrieb. Sie war immer in allem schneller als ich, im Sport, im Lernen und irgendwie hat sie ja auch schneller gelebt.

Hilde sitzt in der Nacht auf dem Spielplatz. Dort oben saß ihre Mutter oft, am Küchenfenster in der Wohnung im 6. Stock. Viele Stunden starrte diese herunter ins Schwarz dieses Spielplatzes. Zu Hilde hat die Mutter selten geschaut, immer nur zu ihrem Bruder, zu Kai, auch als er schon lange nicht mehr da war.

Ist das Leben? Hoffen, irgendwie gesehen zu werden? Ihre Mutter sah nicht sie, Hilde, sondern Kai. War im „Früher" unterwegs.

Hilde sitzt auf der Schaukel. „Füße auf den Boden, abstoßen, Beine in die Luft, wenn sie oben ist, Beine nach unten. So bekommt sie Tempo." Spät hat sie schaukeln gelernt. Sie lacht und dann schluchzt sie. Irgendwann ist es vorbei. Sie fühlt sich leer geweint. Das ist gut. Darum ist Hilde hier.

Als das Jugendamt Hilde damals holte, war sie acht Jahre alt. Seit dem Tod ihres Bruders war ihre Mutter nicht mehr da. Der Körper der Mutter war anwesend. Ganz selten streichelte die Mutter Hilde durchs Haar. Mehr gab es nicht.

Und weil es auffiel, auch den Nachbarn, dass sie verwahrloste, ist das Jugendamt eingeschritten. Erst hat noch eine Frau zweimal die Woche nach der Mutter und Hilde geschaut, aber es hat sich nichts geändert. Der Vater war schon lange weg und seine Adresse nicht zu finden. Die Mutter kam in die Klinik und sie kam ins Heim.

So kurz ist die Kindheit von der Hilde auf dem Spielplatz, nachts um zwei, erzählt.

Heute vor 20 Jahren hat Hilde die Mutter verlassen, darum ist sie hier. Sie will nach vorne schauen, in die Zukunft.

Als sie wieder nach oben schaut, sieht sie einen Schatten am Fenster. Sie weiß: Dort im sechsten Stock wohnt jetzt ein unbekannter Mensch. Der Schatten hilft Hilde. Sie fasst hier und jetzt einen Entschluss: „die alten Schatten meiner Kindheit, lasse ich hier liegen, vor diesem hohen Haus, auf diesem Spielplatz. Für immer!"

Überraschung

Ellen Göppl

Christian Falkner stieg mit gemischten Gefühlen aus dem Taxi, das ihn vom Bahnhof nach Hause gebracht hatte. Der Taxifahrer hob den Trolley aus dem Kofferraum und verabschiedete sich überschwänglich. Ob es einfach seine Art war oder an Christians großzügigem Trinkgeld lag, war schwer zu sagen. Zehn Minuten früher als erwartet, war er nun zuhause. Zehn Minuten, die der ICE von der halbstündigen Verspätung noch aufgeholt hatte. In Mannheim hatte Christian Natascha eine SMS geschickt: „Zug hat 30 Min Verspätung."

„Macht nichts, ich warte trotzdem auf dich", hatte Natascha zurückgesimst und ein zwinkerndes Smiley dahinter gesetzt. Typisch Natascha.

Christian war für zwei Tage am Firmenhauptsitz in Berlin gewesen, bei einem Meeting mit der Geschäftsleitung, in dem er offiziell zum Einkaufsleiter ernannt wurde. Natürlich hatten es die meisten Kollegen und auch Natascha schon vorher gewusst, doch offiziell war es erst jetzt.

Einer der Nachbarn kam gerade aus der Tiefgarage heraus, als Christian auf die Haustür zuging, und das erinnerte ihn daran, dass er endlich mal den 1996er Saint Emilion aus dem Keller holen wollte, damit der Wein die richtige Trinktemperatur hatte, um ihn am Wochenende zu genießen. Christian lief die Einfahrt hinunter und schlüpfte noch schnell in die Tiefgarage, ehe das Rolltor abwärts fuhr.

„Guten Abend, Herr Falkner", rief der Nachbar ihm zu, und Christian grüßte überrascht zurück. Eigentlich war das achtstöckige Haus, in dem er seit Kurzem mit Natascha lebte, eher anonym, aber vermutlich stachen sie aus den anderen Mietparteien heraus, weil sie das Penthouse bewohnten. Natascha hatte die Wohnung unbedingt haben wollen, sie hatte einen Hang zur Exklusivität, der Christian eher abging. Die Ausstattung und vor allem die Aussicht von ihrer Dachterrasse war sicher etwas Besonderes, aber dafür war die Wohnung auch entsprechend teuer. Da Christian beim Besichtigungstermin schon die Stelle als Einkaufsleiter in Aussicht gehabt hatte, gab er schließlich nach. Natascha verdiente als Rechtsanwältin für Erbrecht auch nicht gerade schlecht und sie hatte durchaus recht, als sie sagte: „Komm schon, das haben wir uns als erste gemeinsame Bleibe doch verdient!"

Kurz bevor Christian die Tür von der Tiefgarage zu den Kellerräumen öffnete, stutzte er. Am Rand der Wendefläche, auf der eigentlich Parkverbot herrschte, stand der Audi TT von seinem Freund Bernd. Oder irrte er sich? Aber nein, es war eindeutig Bernds Kennzeichen. Christian ging verwirrt weiter und holte die Weinflasche aus dem Kellerabteil. Während er auf den Aufzug wartete, hatte er die Vision, Natascha würde ihn mit Bernd betrügen – und er entdeckte es, weil die Bahn zehn Minuten Verspätung wieder wettgemacht hatte. Wie armselig. Was würde ihn als nächstes erwarten? Wäre Bernd wohl noch in der Wohnung, wenn er reinkäme? Die verwirrenden Gedanken brachten Christian dazu, doch die Treppe zu nehmen. Er wollte einen klaren Kopf bekommen, bis er die

Wohnungstür aufschloss. Antizipieren, was los ist, agieren und nicht reagieren.

Erster Stock: Natascha und er waren doch erst ein knappes Jahr zusammen und erst vor Kurzem gemeinsam in die neue Wohnung gezogen. Und so oft war Christian geschäftlich gar nicht unterwegs. Warum sollte sie ihn betrügen?

Zweiter Stock: Natascha hatte letzte Woche mit Bernd, dessen Auto nun in der Tiefgarage geparkt war, telefoniert. Das heißt, angeblich hatte er ja angerufen, um mit Christian zu sprechen und als er zur Wohnung hereinkam, hatte Natascha ihm den Hörer gleich weitergereicht. Aber er wurde das Gefühl nicht los, dass die beiden schon eine ganze Weile miteinander gesprochen hatten, ehe er nach Hause kam.

Dritter Stock: Dafür musste es irgendeine harmlose Erklärung geben. Bernd war, wie Natascha, Jurist – vielleicht hatte sie seinen Rat gebraucht. Vielleicht brauchte sie ihn auch heute?

Vierter Stock: Am Freitagabend? Und warum musste Bernd dafür herkommen? Und warum wusste Christian nichts davon? Am Morgen hatte er noch kurz mit Natascha telefoniert. Da hätte sie es ja erwähnen können.

Fünfter Stock: Wenn einer seiner engsten Freunde in seine – es war schließlich auch seine – Wohnung kam, hatte er ja wohl ein Recht darauf, das zu wissen. Konnte er nicht mal einem von beiden vertrauen? In was für einer Welt lebten sie denn?

Sechster Stock: Kam das nicht ständig vor? Dass irgendjemand vom eigenen Partner mit dem besten Freund, Schrägstrich, der besten Freundin betrogen wurde? Aber dass ihm das passieren würde … Dass Natascha auf Bernd stehen könnte, hätte er ja nie gedacht. Typisch, Christian achtete sehr auf seine Figur, und dabei war es Natascha wohl sowieso egal!

Siebter Stock: Rasend attraktiv war Bernd ja nun nicht. Ein super Kumpel zwar, zumindest hatte er das bis heute immer gedacht, aber ein Frauentyp? Eher ein typischer Fall von Bierbauch und Geheimratsecken. Auch wenn Bernd regelmäßig Mountainbike fuhr. Hatte Natascha nicht letztens erst erwähnt, wie gerne sie früher Mountainbike gefahren war?

Achter Stock: Es half alles nichts. Er würde Natascha jetzt gleich zur Rede stellen. Oder gleich alle beide, wenn Bernd noch in der Wohnung war. Aber bestimmt war er gerade mit dem Aufzug in die Tiefgarage gefahren, während Christian die Treppen hochlief. Also, jetzt Schlüssel ins Schloss, herumdrehen, Tür öffnen …

Natascha kam ihm gleich im Flur entgegen. „Hallo Schatz!", rief sie und küsste ihn wie immer und Christian erwiderte den Kuss automatisch, ehe er den Trolley in eine Ecke des Flurs stellte. Wenn sie nur nicht so erhitzt aussehen würde. „Du bist ja gar nicht so spät", sagte sie. Klang das nicht irgendwie unnatürlich, seltsam nervös? Er wollte etwas sagen, aber plötzlich war seine Entschlossenheit dahin, die Situation kam ihm auf einmal unsagbar peinlich vor. Wollte er es wirklich wissen, wenn sie ihn betrog?

„Komm mit", rief Natascha viel zu laut und Christian erwartete fast, dass Bernd wie zufällig aus der Schlafzimmertür herausspazieren würde. Doch Natascha zog ihn Richtung Wohnzimmer, aus dem eine Art Lounge-Musik dudelte. Dann knallte es heftig und Christian zuckte zusammen.

„Herzlichen Glückwunsch, Alter!", rief jemand. Da standen doch tatsächlich seine engsten Freunde im Wohnzimmer und gossen hektisch Sekt in das erste Glas, ehe er aus der Flasche auf den Boden schäumte. Christian fühlte sich wie benebelt, überrumpelt in seinen absurden Gedanken und auch ein bisschen müde von der Reise. Er ließ sich umarmen, auf die Schulter klopfen, zur neuen Stelle gratulieren, ein Glas Sekt reichen. Die Gläser klirrten, es wurde viel gelacht, nicht nur wegen seiner belämmerten Mine, und Natascha drückte sich an ihn. Aber etwas irritierte ihn. Jemand fehlte.

„Wo ist denn Bernd?", fragte er Natascha, als sie ihm die zweite Flasche Sekt zum Öffnen reichte.

„Der kommt gleich, er hat es einfach nicht eher geschafft", gab sie zurück. Und wenn sie dabei nicht rot geworden wäre, hätte Christian vielleicht sogar geglaubt, dass es einen harmlosen Grund für Bernds TT in der Tiefgarage gab.

Doppelspiel
Claudia Hellstern

Wenn Pastor Johannes Bachmann gewusst hätte, was ihn erwartete, wäre er womöglich nicht zu der Verabredung gegangen.

Mit der Ausrede, eine Besprechung in der Ordination zu haben, verabschiedete sich der Pastor von seiner Frau. Das ungute Gefühl dabei ignorierte er geflissentlich und schon war er unterwegs ins Leben.

Der Champagner lag gut vorgekühlt auf dem Rücksitz seines altertümlichen Autos. Herrlich diese Fluchten. Seit etwa fünf Jahren hatte er die Affäre mit Mechthilde. Ihre Begegnung war wie ein Wink des Schicksals gewesen. Und für ihn, den ehrenwerten Pastor, das seit langem gesuchte Lebenselixier. Er leitete die Gemeinde vorbildlich, war seinen fünf Kindern ein liebevoller Vater und seiner unscheinbaren und folgsamen Ehefrau ein rücksichts-voller Ehemann. So wie es die Bibel verlangt. So wie es sich gehört.

Seine Nicht-Ehefrau bot ihm ein Maß an Verruchtheit, wie er es in seinen kühnsten Träumen nicht erleben konnte und manchmal erschreckte ihn der Gedanke, dass sie womöglich ein Werk des Teufels sei.

War es aus Spaß an der Heimlichkeit oder aus Vorsicht, dass er vor ein paar Monaten unter falschem Namen in dem Hochhaus in der Nachbarstadt ein Appartement angemietet hatte? Sie beide hatten nach und nach die Absteige zu einem gemütlichen Platz gemacht, an dem sie sich ungeniert lieben konnten.

Mechthilde war in ihrer Phantasie und ihrer Tabulosigkeit unübertrefflich und überraschte ihn jedes Mal aufs Neue. Vom Vamp, in schwarzes Leder gekleidet, bis hin zum tief dekolletierten Dirndl bot sie ihm alles. Er selber war über sein Durchhalte-vermögen und seine Manneskraft erstaunt und fand sich unschlagbar.

Sie hatten vereinbart, immer getrennt zu kommen und getrennt zu gehen, und dabei das Treppenhaus zu nehmen, denn die meisten Leute benutzten den Aufzug. So konnten sie unliebsamen Begegnungen aus dem Weg gehen und ihr Geheimnis wahren.

In letzter Zeit aber forderte Mechthilde mehr. Er solle sich von seiner Frau trennen und sich zu ihr bekennen. Wenn er sie liebe, wie er behauptete, müsse ihm dies das Opfer wert sein. Aber das war leichter gesagt als getan und so hielt er sie immer wieder hin und gelobte Besserung. Wirklich Sorgen, dass ihn Mechthilde eines Tages verlassen könnte, machte er sich nicht. Sie war so voller Begierde und Lust! Er konnte sich nicht vorstellen, dass sie auf ihre sexuellen Exkursionen verzichten wollte.

Beschwingt rannte er die Treppen hoch und sperrte die Tür mit dem falschen Namen auf. Mechthilde trat nicht in Erscheinung, doch spürte er, roch er ihre Anwesenheit. Er genoss die Sinnlichkeit, die im Raum schwebte. Was hatte sie vor? Er stellte den Champagner in den bereits mit Eis gefüllten Sektkühler und wartete.

Da stand sie vor ihm – bekleidet in Trenchcoat und High Heels, die vollen Lippen tiefrot und um die schwarz geschminkten Augen lange, unechte Wimpern. Sie wirkte wie eine Teufelin, die sich gleich lustvoll und gierig auf ihr Opfer werfen würde. Er wollte sich ausliefern, ganz, und ihr zu Willen sein.

Das Spiel begann. Sie umgarnte ihn, zog ihm die Kleider aus und als er auf dem Bett lag, unübersehbar seiner Erregung ausgeliefert, öffnete sie ihren Trenchcoat, unter dem sie nichts weiter trug als halterlose Strümpfe. Ihre vollen Brüste wippten ihm entgegen und er schrie vor Gier und Genuss. Sie spielte mit seiner Lust und zog ganz unerwartet ein paar Handschellen hervor, mit denen sie sein linkes Handgelenk an das Kopfteil des Bettes fesselte. Sie liebten sich lange und ausgiebig in dieser Position, beflügelten ihre Phantasie mit Worten, die mal obszön, mal liebevoll waren, bis sie vor Erschöpfung nebeneinander in die Kissen sanken.

Sie stießen mit dem Champagner an, während er mit der linken Hand noch immer ans Bett gefesselt war. Vorsichtig fragte sie nach der Lage der Dinge. Vorsichtig erkundete sie ihre Situation und als sie heraushörte, dass sich nichts ändern würde, dass sie zeitlebens die Nicht-Ehefrau bleiben würde, trat Plan B in Kraft.

Sie stieg wortlos aus dem Bett, ging ins Bad und duschte sich. Der Pastor, wenn auch etwas unter Zeitdruck, hoffte bereits auf eine neue Überraschung, als sie fertig angezogen und geschminkt vor ihm stand. Sie stellte ihm eine Flasche Wasser und etwas Obst und Gebäck aufs Bett, legte ihre heißeste Reizwäsche und vieldeutiges Spielzeug daneben, küsste ihn zwischendurch auf seine ihr lieb und wichtig gewordenen Körperteile. Sie stellte das Radio an, etwas lauter als Zimmerlautstärke, und zu guter Letzt platzierte sie eine Pipiflasche neben ihm. Alles in Reichweite des eingeschränkten Bewegungsradius' des freien rechten Armes.

„Du weißt, wenn man dich so findet, mein ehrenwerter Herr Pastor, ist dein Ruf dahin. Ich gehe jetzt und komme irgendwann wieder. Ich habe einfach genug, nur zur Befriedigung deiner Lust zu dienen."

Sprach's und verließ das Appartement und dieses Mal fuhr sie wie alle anderen Bewohner des Hochhauses mit dem Aufzug hinunter.

Major Tom

Ellen Göppl

Die kleine Schabe will nicht mehr,
ihr fällt das ganze Leben schwer.
Fressen muss sie jeden Tag,
auch den Müll, den sie nicht mag.

Space Oddity hört sie oft,
und meist kommt es unverhofft
aus der Etage über ihr,
da singt ein großes, fremdes Tier.

Einmal Major Tom nur sein,
das wär wirklich ganz schön fein.
„Könnt' ich fliegen hoch hinaus,
höher als das höchste Haus".

Das zu erreichen scheint kaum möglich,
die Flügel sind zu unbeweglich.
Hätt' die Schabe mehr geübt,
wär ihre Laune ungetrübt.

Sie denkt an ihrer Mutter Worte:

„Kind, es gibt so schöne Orte.

Wird das Leben dir zu trübe,

dann wag' etwas und mutig übe!"

Der Bowie singt,

die Schabe springt,

sie denkt an Men in Black

und fragt sich: „Bin ich jeck?"

Sie breitet ihre Flügel aus,

fliegt höher als das höchste Haus.

Sie düst empor mit großem *Wrommmm*

Huch: Sie ist ja doch ein Major Tom!

Die Autoren

Alex Devesper

hatte die Idee zu der Geschichte, als sie während eines Seminars hoch über den Dächern von Frankfurt auf der Dachterrasse eines Restaurants über andere Nutzungsmöglichkeiten desselben sinnierte.

Corinna Fronc

wurde 1968 im Odenwald geboren und schreibt seit ihrer Kindheit Gedichte, Liedtexte und Kurzgeschichten.
Nach dem Studium der Sozialpädagogik in Bamberg lebte sie an verschiedenen Orten wie Berlin, dem Bodensee, Mannheim und Marseille und arbeitete in der Jugendarbeit, der Sprachförderung, als Mentorin im Internat, in der Gastronomie, im Buchhandel, einem Bioladen und einem Seminarhaus. Die Begegnung und Kommunikation mit den unterschiedlichsten Menschen inspirieren ihre Arbeit. Corinna Fronc lebt mit ihrer Familie in Freiburg.

Ellen Göppl

kommt aus dem Rheinland und schreibt seit ihrer Studienzeit. Überraschende Wendungen bringt sie nicht nur in Krimis unter, sondern auch in Kurzgeschichten, die mitten aus dem Leben gegriffen sind. 2013 war sie in der engeren Auswahl für den Walter-Kempowski-Literaturpreis der Hamburger Autorenvereinigung.

Claudia Hellstern

frankophil, Vielleserin und Hobbyschreiberin. Meine Wege über Berge und Täler, immer wieder gespickt mit waghalsigen Gratwanderungen, beflügeln meine Phantasie und lassen bisweilen monströse Gedanken los. Ich stehe gerne ganz früh auf, genieße die Ruhe am Morgen und freue mich über jede Regung der Natur. Stift, Block, Buch und Fotoapparat sind immer in meiner Tasche.

Sabine Lauffer

wurde 1971 in Lindau geboren. Durch ihr Studium der Kunstgeschichte, Geschichte und Literaturwissenschaften beschäftigte sie sich viele Jahre mit wissenschaftlichen Texten. Der Zufall wollte es, dass sie das Erfinden und Schreiben von Kurzgeschichten für sich entdeckte.

Uta Neumann

geboren 1956. Mein Leben ist voller Geschichten, erlebt, gesehen, erfühlt und ausgedacht. Ganz viele wollen ans Licht.

Stephanie Nykl

wollte eigentlich Journalistin werden, Germanistik studieren, denn sie hat schon immer gerne und viel geschrieben. Hat auch oft Geschichten erfunden, wenn die Mama wissen wollte, weshalb sie schon wieder später als abgemacht nach Hause kam. Hat sich letztendlich für den Beruf der Erzieherin entscheiden. Denn dies ist der einzige Beruf in dem man fürs Märchenerzählen Geld bekommt.

Ilse Reichinger

Künstlerin, Bildende Kunst.
Interessen: Klassische Musik, Kunst, Kultur, Literatur
Ateliers in Freiburg und Denzlingen.

Die Herausgeberin

Sibylle Zimmermann

ist Schreibpädagogin und Autorin. Sie unterrichtet leidenschaftlich gerne Kreatives Schreiben an der Universität Freiburg und im von ihr gegründeten Freiburger Zentrum für Schreibtraining (www.kreatives-schreibtraining.de).
Viele ihrer KursteilnehmerInnen haben mittlerweile selbst veröffentlicht und etliche Preise erhalten. Der vorliegende Band entstand im Fortgeschrittenenkurs und ist einer der Gründe, warum ihr das Unterrichten so viel Spaß macht. (Ein anderer Grund sind die Lachtränen, die während ihrer Kurse so üppig vergossen werden.)